Corps du roi

Pierre Michon

国王的身体

[法] 皮埃尔·米雄 著

田嘉伟 译

上海人民出版社

图书在版编目(CIP)数据

国王的身体 / (法)皮埃尔·米雄著；田嘉伟译.
上海：上海人民出版社，2024. -- ISBN 978 - 7 - 208
- 19107 - 5

Ⅰ. Ⅰ565.65

中国国家版本馆 CIP 数据核字第 20244732T3 号

责任编辑 赵　伟
封面设计 胡斌工作室

Corps du roi

Pierre Michon

© Éditions Verdier，2002

Simplified Chinese translation copyright

© Shanghai People's Publishing House，2024

国王的身体

[法]皮埃尔·米雄 著

田嘉伟 译

出　　版　上海人民出版社
　　　　　（201101　上海市闵行区号景路 159 弄 C 座）
发　　行　上海人民出版社发行中心
印　　刷　苏州工业园区美柯乐制版印务有限责任公司
开　　本　787×1092　1/32
印　　张　3.75
插　　页　5
字　　数　46,000
版　　次　2024 年 10 月第 1 版
印　　次　2024 年 10 月第 1 次印刷
ISBN 978 - 7 - 208 - 19107 - 5/Ⅰ·2171
定　　价　48.00 元

城市，山峰，李白

（中文版序言）

我对中国认识不多。然而我觉得我认识。

我只去过一次中国，两周，2011 年，短暂地去了北京，大部分时间在成都。

那是一次震惊：我遇到了高度的现代化（我觉得自己就像一个 1910 年抵达纽约的惊愕欧洲人）和数千年的古老深邃。

这些世界上最忙碌的城市；每到一处，常会看到些小庙宇，年轻的女孩们非常专注而愉悦地向神明烧香竹。

我搭乘地铁，从来不会迷路，或者搭出租。在老诗人（我想是杜甫）居住的茅屋后面，我感觉自己就像拿着细枝扫帚和柳条铲子的园丁的兄弟；我甚至想到自己穿上了退隐士大夫的草鞋和竹笠。一个完美的文人游客。

我的朋友奥利维耶·罗兰如此贴切地形容这些城市的尘霾和黄色烟雾："一种美学上绝对的不害臊，近乎崇高。一种极端温柔与绝对暴力的混合物。"

我在保留下来的账单上读到：成都索菲特万达大饭店。在滨江中路上，距离市中心十分钟车程，在我豪华的大床房里，巧克力、无花果、葡萄、托盘、吧台，每天都在更新；管家们尽心尽力，总是面带微笑，我从未受到过如此亲切的款待。

从我的窗户望出去，成都的夜！巨大的汉字、霓虹灯、闪光从建筑物的顶端溅到底部；在光彩夺目的汉语表意文字的广大未知中，有我们熟悉的字母 H&M 和 Calvin Klein；世界资本，夸耀而隐密，以及大中华夸耀而隐密的华丽气派。头顶，还有我们熟悉的大熊星座。

还是罗兰写道："中国城市流淌着金光，每栋建筑物都像一块巨型的金条。"

我确实没去过乡间，据说乡间没那么富裕。

我只在城外看到了青城山，一座神山，一队年轻的学生带我去的——几乎可以说是他们背我去的，山坡是如此的陡峭。（谚语说："在山上的人不是从天而降的。"）庙宇、露天花岗岩和闪长岩石碑上深凹的汉字，依旧眼花缭乱。

青城山一处亭联镌刻王维的诗《山中》。嘉伟后来告诉我，王维和菲利普·雅各泰的诗，意趣有相近之处。王维没来过青城山，但据传当他陪着伟大的国王明皇幸蜀时，荫翳峡谷和令人眩晕的山巅，迷雾弥漫在吊索上。他的青绿山水适合此地。我想象他在凌晨时分，在卧马的臀部上作画。

我主要通过古典文学了解中国。中国诗人们给我铭刻了许多中国灵魂的特质。

至于这本《国王的身体》，一切从贝克特的一张相片开始。

本书居中讲述的是一个叙利亚狩猎故事。哎，没有关于中国文章。然而我长期怀有一个想法，写段叙述，分享我和中国人一样对农民的痴迷。这种痴迷在这本书中缺席，但你们会在《微渺人生》（即将在你们的国家出版）中找到它。

最长的一篇展现了我对烈酒和伟大国民诗人的双重嗜好。它很容易出口到中国。中国人会在维克多·雨果的身上认出李白，那个对月跳舞吟诗的酒仙。

我要感谢田嘉伟，这个沉默寡言、活泼可爱的男孩，他很少以自己的名义发言，却能准确地引经据典。我很遗憾在他留法期间对他了解太少。

他优雅地掌控着对古代事物的理想主义投

射，这往往是中国人的所长。在他口中，古代文学的精妙之处立刻变得如寻常之所简单，让人觉得似乎早已知悉，这是中国人语言运作方式的一种难以言喻的高雅。

　　我对他翻译的质量深信不疑。

目录

献给雅埃尔·巴谢 *

所有的说理只是辞格。——儒贝尔 *

* Joubert（1754—1824），法国作家、道德学家，箴言体著作《随思录》死后由好友夏多布里昂整理出版。

国王的两个身体

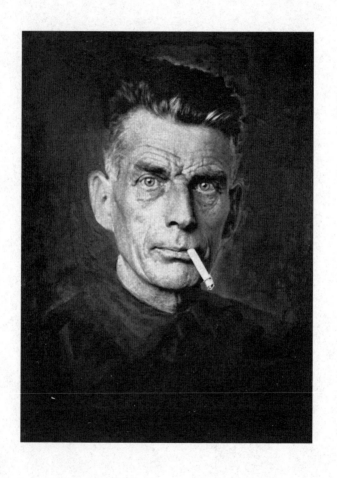

1961 年。更像是秋天或者初冬。萨缪尔·贝克特坐着。他已是国王十年——略少或略多于十年：《戈多》首演已八年，热罗姆·兰东①大量出版他的伟大小说已十一年。在法国，不存在什么可以挑战他或抢夺他所坐拥的王位。我们知道，国王有两个身体：一个是永恒的、王朝的躯体，文本为其册封加冕，我们任意称之为莎士比亚、乔伊斯、贝克特，或布鲁诺、但丁、维柯、乔伊斯、贝克特，但这是同一个披着临时旧衣的

①　Jérôme Lindon（1925—2001），法国著名出版人，1948 年起担任午夜出版社总编。

不朽躯体；他还有另一个会朽的、功能性的、相对的躯体，披褴褛、变腐尸，被称作和只被称作但丁，塌鼻子，头戴一顶小帽子；只被称作乔伊斯，当时他有戒指和近视眼，一脸惊愕；只被称作莎士比亚，这是伊丽莎白时代一张粗胖的租户脸庞。或者他只被且如坐牢般称作萨缪尔·贝克特，1961年秋天，在这个名字的牢狱里，他坐在土耳其摄影师卢特菲·奥兹科克[1] 的镜头前，一位唯美主义摄影师，他在穿着深色衣服的模特身后挂上一块黑幕布，为他即将拍摄的肖像增添提香[2] 或尚佩涅[3] 的气息，一种伟大的古典气息。这个土耳其人有一种狂热，或者说一种职业病，那就是给作家拍照，也就是说，他以极大的巧妙、狡猾和技巧，为国王的两个身体拍肖像，即同时显现创世者的身体和他准时的肉身：活着的

---

[1]　Lutfi Özkök（1923—2017），以拍摄作家肖像知名的土耳其摄影师。

[2]　Titien（1488—1576），意大利文艺复兴时期威尼斯画派代表画家。

[3]　Champaigne（1602—1674），法国巴洛克时期代表画家。

道和大便袋。在同一图像中。

这一切贝克特都知道，因为这是艺术的童年，因为他是国王。他还知道，对他来说，这种神奇的操作比但丁或乔伊斯更容易，因为他与但丁或乔伊斯不同，他英俊潇洒：英俊得像个国王，冰一样的眼睛，冰下有火的幻觉，严谨而完美的嘴唇，从出生起就带着"别触碰我"①这句圣言；他奢华至极，英俊得像圣痕，天堂般瘦削，像约伯②破衣烂衫一样的细致皱纹，大垂耳，李尔王的样子。他知道，这对他来说太容易了，就好像伊丽莎白时代的粗胖收租人③长着李尔王的脑袋一样；你很难在给名叫萨缪尔·贝克特的大便袋拍照时，不同时出现国王的肖像和文学本身，在冰冷的眼睛和大耳朵周围清晰可见的是但丁的帽子、伊丽莎白时代的脸庞，以及在一个角落里——无论可见与否——约伯的破衣

---

① 耶稣复活后对抹大拉的玛丽亚说的话。
② 《圣经》里总受到不公义惩罚的好人，常穿着破衣烂衫。
③ 对莎士比亚的一种形容。

烂衫。

在 1961 年的那个秋日，萨缪尔·贝克特是为这一生物学偶然还是内在正义而欢欣鼓舞？他是出于虚荣、厌恶还是特别想笑？我不知道，但我确信他接受了。他说：我是文本，为什么我不能成为偶像？我是贝克特，为什么我不能像贝克特？我杀死了我的语言和我的母亲，我出生在耶稣受难日，我有圣方济各 ① 和加里·库珀 ② 的混合特征，世界是一个剧场，万物在发笑，上帝或任何事物都在欢呼，让我们尽情发挥吧。让我们继续吧。他伸出手，拿起并点燃一支大号的白色香烟，放在嘴角，像鲍嘉 ③，像格瓦拉，像一个金属工人。他冰冷的眼睛捕捉着摄影师，拒绝了他。"别触碰我"。征兆泛滥。摄影师按下快门。国王的两个身体显现了。

---

① Saint François（1182—1226），著名苦行修士，动物和环境的主保圣人，据传身体曾出现过圣痕。
② Gary Cooper（1901—1961），好莱坞著名演员，以《约克军曹》和《日正当中》两获奥斯卡最佳男主角。
③ Bogart（1899—1957），好莱坞著名演员，曾主演电影《卡萨布兰卡》。

木制的身体

1852 年 7 月 16 日。晨曦。夜尽。雨下过了，不再下了。青灰色的云在天空中流淌。福楼拜没有睡着。他走到克瓦塞①的花园里：椴树，然后是杨树，然后是流淌到鲁昂的塞纳河。河边的亭子。他完成了《包法利夫人》第一卷。

　　星期天，他写信给路易丝·科莱②，告诉他这个周五的晨曦，他感到自己很强大、平静，生命充满了意义和目标。

① Croisset，法国诺曼底地区村镇，距离首府鲁昂不算特别远，福楼拜常在这儿的小房子里离群索居进行创作。
② Louise Colet（1810—1876），作家、福楼拜的情人，与福楼拜长期保持通信探讨文学艺术。

晨风对他有好处。他有一张疲惫的大脸，一张休息过的大脸。他爱文学。他爱世界。

"被剥夺了个人生活、房屋、祖国和党派，等等，他把文学作为自己活着的唯一理由。他看待文学世界的严肃态度令人心紧。"帕索里尼[1]的这些话指的是贡布罗维奇[2]。但这些话同样也可以用在福楼拜身上，而他的心也会同样绷紧，甚至更紧。因为福楼拜如果有个人生活的话（贡布罗维奇也有，但帕索里尼总说得太快），他也会假装自己没有：同样，他也没有房屋、祖国和自由，没有名叫卡罗琳娜的母亲，没有也叫卡罗琳娜的孤侄女，没有在他眼前向尽头流去的塞纳河，没有绿荫山丘上的农舍，没有成群的门徒和谄媚者，没有在巴黎所有文学出版社和报社的走廊里为他志愿工作的贴身男仆——所有这些，贡

---

[1] Pasolini（1922—1975），意大利著名诗人、导演。
[2] Gombrowicz（1904—1969），波兰小说家和剧作家，"二战"后流亡阿根廷二十四年。

布罗维奇确实没有，而他，福楼拜，却有。福楼拜假装没有这些，但他确实有，而且这种假装对他来说变成了现实；他给自己组装了一副面具，这副面具很适合他的皮肤，他就用它来写书；这副面具和他的皮肤贴得很紧，以至于当他想摘下面具时，他发现手底下什么都没有，只有小丑大胡子下的肉和混凝纸难以言喻地粘一块。然而，他扮演的并不是真正的小丑——他扮演的是修道士；不仅是为了公众，也是为了他自己，为了他自己的眼睛：他不仅在街上和好心肠的人们面前是个赤脚修道士，而且在家里劳作时也穿着丝绒拖鞋。他失却了眼底流淌的塞纳河；他几乎见不到那个住在他腿上的小女孩 ①，他在所有的书中都处死了她；他失却了那个时代最漂亮的女孩们，大概也是最秀丽的女孩们，她们想要他，他有时也享受她们，不管是他享受她们还是决定不再享受她们，这完全是一回事；诺曼底的苹果树

---

① 福楼拜的侄女卡罗琳娜，在克瓦塞时和福楼拜一家住在一起。

上没有苹果，森林里没有深树，没有解衣带的路易丝·科莱，没有丁香花，没有年轻的笑声，没有路易丝·科莱在他门前的哭声，这一切他不在乎，他笑了也不在乎，他哭了也不在乎，他不在那里。他的确一无所有，他被剥夺了一切，因为一切都在他的脑海中。

苦修的加尔默罗[1]僧侣知道自己为什么要扔掉鞋子。他知道自己为什么要赤脚度过此生：他不属于这里，真正的生活在别处，他绝对知道在上帝的呼吸下，冬天的赤脚会暖和起来，尸体和冰冻的灵魂会暖和起来。我们是过客，上帝不是。加尔默罗非常严肃地对待他的上帝。这种严肃不是笑谈。它充满了心灵。克瓦塞的面具人福楼拜，也知道为什么他很久以前就偷偷摸摸丢弃了的丝绒拖鞋，还穿在他的脚上；他有一个神，可以说在神的眼皮底下，他不穿鞋走过：在塞纳河畔，这位脱掉丝绒拖鞋打赤脚的兄长之神，是

---

[1] 天主教托钵修会之一，12世纪中叶创办于巴勒斯坦的加尔默罗山，以苦修、缄默知名。

艺术。我们路过人间，艺术却没有停留。它几乎没有温度。时代的气息将它吹散。它只在今生和来世给我们带来肉和混凝纸的黏合，我们在指尖发现它，隐约感到难以置信，隐约感到满意、感到恐惧，当我们偶然检查长胡子后面是否还有脸时，我们摸索着那令人恶心的混合物。福楼拜对待艺术非常严肃。这种严肃让人发笑。它挤压心脏。让人发笑的心碎，正是面对苦难时体验到的心碎。

福楼拜是我们苦难的父亲。

我们都是这种苦难的孩子，大概自从人类开始写作以来，这种苦难就或多或少地存在着，但福楼拜伸出了援助之手，正是有了他，这种苦难才变得完全显而易见，令人啼笑皆非。他发现了面具，就像那不勒斯人发现了"潘塔隆和波利希奈尔"①，就像 1120 年左右《亚历山大传奇》的无名诗人发现了法国的"亚历山大体"诗歌，就

① Pantalon et Polichinelle，意大利假面喜剧中的两个人物，前者喜欢穿长裤，后者是驼背丑角。

像 1878 年名叫费雷尔·德迪奥①的人发现了"吊袜带"。他让我们戴上了面具。我们都是他的苦难之子，无论在马拉美、巴塔耶、普鲁斯特和热内这里，还是在莱里斯、杜拉斯和贝克特那里，他的苦难是伪装的，但又是真实的；或者在魏尔伦和阿尔托那里，他的苦难是如此造假，从而变得更加真实了，因为它是真切的，是真实中的真实。至于兰波，我们不得而知。在塞阿尔②、巴比塞③、博夫④、沙尔多讷⑤和盖兰⑥、吉贝尔⑦和加里⑧那里，在所有这些我们几乎不再阅读的不知名鸟群中，苦难是真实的还是造假的，我们不得

---

① Féréol Dedieu（1816—1889），法国时装设计师。
② Céard（1851—1924），法国自然主义作家，作品深受福楼拜影响，也是左拉、莫泊桑的朋友。
③ Barbusse（1873—1935），法国作家、共产党员，其反战小说《火线》获 1916 年龚古尔文学奖。
④ Bove（1898—1945），法国作家，代表作为《我的朋友们》（*Mes amis*）。
⑤ Chardonne（1884—1968），法国作家，和莫朗一起被奉为"轻骑兵"文学团体的精神先父，小说《情感的宿命》曾被导演阿萨亚斯改编为同名电影。
⑥ Guérin（1905—1955），法国作家。
⑦ Guibert（1955—1991），法国作家，代表作为《给没有救我命的朋友》，福柯好友，死于艾滋病。
⑧ Gary（1914—1980），法国立陶宛裔作家，曾以加里和另一个笔名两次获龚古尔奖，代表作有《童年的许诺》《天根》《来日方长》等。

而知，我们也只关心一半。也有可能发生的情况是，恰恰是通过福楼拜，这种苦难被如此否认、如此恐惧、如此隐藏和禁锢，以至于后来反过身狠咬你一口，就像发生在萨特身上一样。

我们对待文学的严肃态度令人心碎。

莫里斯·德·盖兰[①] 在《玛丽之死的沉思》发表几周后，愉快地想象自己变成了一棵树："用自己从各种元素中选择的汁液来维持自己的生命，把自己包裹起来，在人们面前显得根部强大、漠不关心，在冒险中只发出模糊但深沉的声音，就像一些灌木丛的丛顶模仿大海的喃喃细语一样，在我看来，这是一种值得努力的生命状态，非常适合与人和时代的机运对抗。"

这叶丛不是面具。它不是苦难。

我们也不能说它是真正严肃的。

但这是一个严肃的目标。在我看来，这是一

---

① Maurice de Guérin（1810—1839），法国诗人，文学史上处于浪漫派和象征派之间，对里尔克等后世诗人较有影响。

种值得努力的生命状态。写出《包法利夫人》和《圣于连》^①，只把模糊而深沉的声音还给冒险，成为一棵被风拥抱和摇动的树，这是一个人可以为之奋斗的目标；用最人性化的手段，也就是语言；从人性中走出来，发出树叶的、锣鼓的、雪崩的声音，从人性中走出来，悬在人性的上空，用人性的阴影覆盖人性，用人性的声音遮盖人性，用人性的叶丛掩埋人性，这是值得努力的。

叶丛是书。身体是树木做的。

《布瓦尔和佩居榭》^②里的神父声称藏族大喇嘛会劈开内脏来传达神谕。这倒是严肃的。

事实上，只有传达神谕才能让我们写作。神谕是超越凡人言语的言语，尽管是用凡人的语言说出的，但它授权自己，授权自己的发言，并召唤神灵。要严肃地称自己的言语为神灵，就必须把自己的内脏劈开。要严肃地称自己的言语为文

---

① *Saint Julien*，福楼拜创作的中世纪传奇，收于《三故事》。
② *Bouvard et Pécuche*，福楼拜创作的一部百科全书式小说，最终未完成。

学，就必须不打麻药地把面具缝在脸上。

　　阿夫朗什^①主教、布瓦洛^②的敌对兄弟、布瓦尔和佩居榭早熟的哥哥于埃^③用希伯来文读了二十四遍《圣经》；每年四月，他重读忒奥克里托斯^④；每年秋天，他重读《农事诗》^⑤。奥利维^⑥的修道院院长曾对此举做过一个小计算，结果表明，在所有活过的人中，阿夫朗什主教读过的书最多。这个读者、这个疯子、这个戴着纸糊的悲哀面具的无能之人，于埃，大概是在徒劳地试图撕下面具的一天，神秘地写道："殷勤、才智、哲学、神学本身，都不过是人们为了充实和活跃这短暂而又漫长的人生发明的博学且精妙的游戏；但他们并没有意识到这些都是游戏。"

---

① Avranches，法国诺曼底地区的城镇。
② Boileau（1636—1711），法国 17 世纪古典主义诗人、文艺理论家，著有《诗艺》。
③ Huet（1630—1721），法国神学家，曾任阿夫朗什主教。
④ Théocrite（约前 310—前 250 年），古罗马田园牧歌诗人。
⑤ Les Géorgiques，古罗马诗人维吉尔的长诗。
⑥ Olivet，法国卢瓦河谷中央大区城镇，位于奥尔良南郊，作者曾在这里生活过一段时间。

在福楼拜之前，约瑟夫·儒贝尔认为**书是有风格的**，是在摆姿势的同时拼凑起来的不可阻挡的文字，是直接缝在肉上的木制面具——就像帕斯卡尔、卢梭和夏多布里昂所认为的那样，尽管他们在面具和皮肤之间留了一点间隙。约瑟夫·儒贝尔曾写道："我只想用这个地方的惯语来写作。"这是一个危险的地方。它是塞纳河畔一个腐烂的地方，在杨树和椴树后面，在塞纳河和白杨树消失的地方。在那里，**你为你的便帽**说着难以言喻的、奥林匹亚式的、平静的惯语，在木质面具下，在小丑的胡子后面，愤怒得发狂。

在达尼埃尔·奥斯特[①]的遗著中，我读到这样一段话："有时候，你最终还是不明白文学体系到底是怎么回事。文学是什么？它在说些什么？它是关于什么的？谁在交谈？这一切与我们

---

① Daniel Oster（1938—1999），法国作家，米雄写的这类"传记式虚构"（fictions biographiques）体裁的早期倡导者。

有什么关系?"

福楼拜对这种心神不宁的追问,这种迷失方向的状态感到内疚,或许对于达尼埃尔·奥斯特之死,福楼拜是有罪的。博学且精妙的游戏结束了。现在,我们需要的是绝对的文本,文学中的真理,杀人的文本,完美的散文,一切都在木质面具的背后诉说。**必要的**文学,正如死亡、工作和眼泪也是必要的。你有什么权力强迫我们这样做?我们永远不会工作。我们不会写作。我们不再知道如何哭泣。死亡,我们很想。

《包法利夫人》里提示了,没有所谓的**好**文学,也没有人们反推的坏文学。郝麦 ① 断言有坏文学,而我们知道,郝麦所说的一切都只是一种观点,一种愚蠢的、一种不应该存在的东西。比如这句:"当然,郝麦继续说,有坏文学,就像有坏药店一样。"从中我们或许可以得出这样一

① Homais,《包法利夫人》中的人物,药店老板,常被视为公共习见飞短流长的传播者。

条公理：谁假设有坏文学，并喜欢这种想法，谁就永远写不出好文学。

　　福楼拜在巴勒斯坦写给布耶[①]的信中说，在约翰为基督施洗的地方，约旦河也许和埃维克桥镇[②]的图克河一样宽。沙漠是严酷的，没有施洗约翰的声音。沙漠隐约透着荒诞。十字架是木制的身体。诺曼底苹果树是木制的。世界是枯木。哪里有叶丛，哪里有圣言，哪里有模糊而深沉的声音，赋予人以意义，赋予森林顶端以说话的树叶？在完美的句子中？在跛脚的句子中？

　　金狮酒店[③]的小男仆波利特是包法利在郝麦的挟持下给他做的跛足手术，手术后他的大腿被截肢，惨叫声不绝于耳，还得到了一条木腿。他是一个聪明勤奋的人，他用木腿英勇地蹦跳，就

---

① Bouilhet（1821—1869），福楼拜长期通信、共游的挚友，对《包法利夫人》等作品的形成起到过关键作用，也是汉学家。
② Pont-L'Évêque，法国诺曼底地区的小城镇。
③ 《包法利夫人》中爱玛和莱昂幽会的酒店。

像用他的畸形足一样。跛脚者、摇晃者、趔趄者，常常以其扼要的节奏点缀着完美的作品：梅尔维尔笔下的亚哈 ①、史蒂文森笔下的约翰·西尔弗 ②、《死缓》里叙述者的母亲 ③。在我看来，《追忆似水年华》中也有一条跛腿，或许是夏吕斯 ④。你能听到这种令人发笑的节奏，但却能让人心紧，你能听到它在完美的句子中被叙说，你能听到它轻柔地打碎完美的句子：在亚哈的预卜中，在福楼拜的伟大的未完成过去时中，在三拍子中，在风格像于车床上转动一样的鼾声中，你突然听到这种两拍的响板，那是一块嫁接在枯木上的人肉。我们突然大笑起来。

趔趄是《包法利夫人》的步调。在这种步伐中，风格逃离，身体出现。

---

① Achab，梅尔维尔小说《白鲸》里的船长，走路跛脚。
② John Silver，史蒂文森小说《金银岛》里木腿假肢主角，走路摇晃。
③ 塞利纳小说《死缓》里的人物，时而爬行。
④ Charlus，普鲁斯特小说《追忆似水年华》里的男爵，同性恋者。

杜康 [①] 在谈到年轻的福楼拜时说："他声称，当他在一本书的黄色封面上看到维克多·雨果的名字 [②] 时，他的心跳了一下。"这些可能就是夏朋蒂埃和法斯凯尔 [③] 出版的金黄色书籍。这些年轻人的心在跳动。伟大的荣耀（gloire）之"g"就在那里，就在一个名字的中心，就在他们的未来，那是血脉（sang）之"g"，是绅士（gentilhomme）和加洛普（galop）舞步之"g"。书店的橱窗就在门前的树下。阳光洒在黄色封面的书上。穿透树叶的金色在名字的金色上颤动。年轻人颤抖着，明天将是美好的，女人、书、椴树，还有他们自己名字的金色。福楼拜挽着杜康的胳膊，两人在维克多·雨果的（Victor Hugo）"g"上弯下腰。这是嘴脸（gueule） [④] 的"g"，是

---

① Du Camp（1822—1894），与福楼拜长期通信、共游的挚友，合写有《布列塔尼游记》。
② 雨果的法文拼写是 Hugo，中间有一个 g。
③ Charpentier & Fasquelle，19世纪创办至今活跃的法国知名出版社，普鲁斯特曾将《追忆似水年华》投稿于它，未果。后与格拉塞出版社合并。
④ 福楼拜的创作方法之一，他会将文稿大声朗读给自己的朋友听，寻求词句的精确。

陷阱（piège）的"g"。

我假定他很可能是个男人。我让他出生在鲁昂，叫他居斯塔夫·福楼拜。我给他一个好家庭，一个胡子拉碴、忙忙碌碌的父亲，一个随叫随到的母亲。我让他的父母给他爱，让他对万事万物充满好奇心、爱心、快乐和动力。聪明才智。我赋予他巨人般的身躯，在他早年，我还赋予他无法抗拒的金发美貌——很快就凋落了，但人不可能拥有一切。我赋予他力量和能量，取悦和他相似的男男女女，把自己奉献给他们并得到他们的回报，让他们欢笑和哭泣，不计代价地放松他的心弦。我在他的行头中加入了许多骄傲、虚荣、自夸、懒惰、贪婪和一丝歇斯底里。我给他从小到大一种广为分享的激情：对文学的喜好。我有义务让他拥有这种喜好，因为它在同一套装备中，或者说在同一个袋子里，那就是通过文字在这个世界上取得胜利的意志。

在这里，我把游戏复杂化了：从拉马丁到布卢瓦，维克多·雨果这个不可能的父亲让他们因嫉妒而疯狂，从波德莱尔到左拉，或因否认而疯狂，因假装而疯狂，我把他们都拖着的这铁球和脚链扔给了福楼拜；雨果这个怪物，他找到了一种方法，既能像四个人一样生活，又能像十个人、一百个人一样写作；他既在烤箱里，又在磨坊里，既在父亲的右手边，又在撒旦的军团里，既在亚历山大体诗歌里，又在散文里，既在女孩家，又在根西岛①；他把人们在别处能写的东西都写进了自己的诗中，并以自己的方式加以改编、超越，连眼皮都不眨一下；他是鳄鱼，对他来说，当时所有的作家都不过是小领航鱼和牛椋鸟，因此，他对他们非常宽容、非常耐心和冷漠。

在文字的诱惑和维克多·雨果这个不可估量的障碍之间，我让他踏入了陷阱。

---

① 雨果因反对拿破仑三世，曾流亡根西岛多年。

我还在他身上挂了不那么史诗级的铁球：在他的山羊胡子父亲的合谋下，我让他学习法律，而他暗地里摒弃了这门学科，就像他摒弃其他所有学科一样；我想办法让他从这门学科中轻悄溜走，当然不与大胡子正面冲突，但也不承认他将不得不写作，也就是说，成为大鳄鱼、最高法院，或者什么都不是，甚至不如律师——搞文学的人、痞子、走狗、哗众取宠的娼妓。我想出了这个逃离计划：于是我给他寄去了一份大"逃亡书"，逃亡的方式是晚上在埃维克桥镇外的一辆汽车里突发神经病，在山羊胡子的祝福下，突发就此结束了学业，并被永久加冕为重病之人，也就是说，什么都不做的自由人。

又是铁球，或是翅膀，我不知道：我在篮子里装的是奥热地区①，是对奥热地区的珍爱和蔑视，是卡昂和法莱斯之间的空地，是那里的穷人、半富人、好吃懒做者；是对不吃面包的东方

① Auge，法国诺曼底南部地区，首府是卡昂。

和古代的喜好；在特鲁维尔①的一个渔村，在马赛的一家旅馆，在埃及的一家妓院，在巴黎雕塑家普拉迪耶②的家里，我给他的想象力或他的享乐提供了四个伊俄卡斯忒③，她们是恼怒的、年老的、肉乎的、圣洁的、痴迷的、热辣的，我称她们为艾丽莎、尤拉莉、库楚克、路易丝④；无论他是否享有她们，我都赋予他通过思考、悔恨、愤怒、手指和精神自慰无休止地享受她们的能力，就像人们通常享受伊俄卡斯忒一样。

我发现了一个更罕见的铁球：我用一种对愚蠢的怪异激情或恐惧症，以及一种将愚蠢提升到类别或本质高度的离奇思辨，来加重他的负担。但是，这种消极的本质被如此高高在上的实体化，我不能不在他身上波及出一点，让他变得有点愚蠢、呆气、迟笨、福楼拜式的。为了给大包

---

① Trouville，法国诺曼底海港城市，福楼拜曾在此居住过。
② Pradier（1790—1852），法国著名雕塑家。
③ Jocastes，古希腊神话中的悲剧女性，俄狄浦斯的母亲和后来的妻子，后上吊自杀。
④ 福楼拜爱过的几个女性的名字。

小包的行李封箱，我还把百科全书主义的煎熬、狂热的博学、藏书癖、这个世界气囊及其气门管的大杂烩、乱塞一通莎士比亚人格的不规整袋子、莫桑比克 ① 国旗的颜色、胡夫 ② 和萨克森 ③ 饼干、《约翰福音》，以及每个那不勒斯面具的精确分配都附着在他身上。

在这些好意的驱使下，我允许他写作，也就是说，整天在他的学生笔记本上涂鸦，在内心编造他是一个多么伟大的作家。这种情况持续了五年、十年。我宽容地让他完成了《圣安东尼的诱惑》第一版，这本杂乱无章的书。我让他在这一团乱麻中娴熟地希望、怀疑、胜利、骄傲、自夸、颤抖，而这一团乱麻本该让他成为维克多·雨果。一个秋天的傍晚，通过他的朋友布耶和杜康的声音，我告诉他这一切都很无聊。

---

① 非洲东部国家。
② 古埃及法老的称号。
③ 德国东部自由州。

这种生活是很可能的。

至少两个世纪以来，这种命运每一代都会降临在一千个人身上，而且这个数字还在不断增长。

然后，不可能的事情发生了，而这与我无关：他变成了我们所说的福楼拜。他把自己封闭起来，堵住了所有的漏洞。与此同时，他创造了这本书和与之相伴的面具。

他保留了自己的聪明才智和精力。他增加了一些东西。

1882 年 5 月，莱昂·吉拉尔[1] 考察了由马可可[2] 国王统治的刚果特克王国。和之前的布拉扎[3] 一样，他对马可可吹响海军军需官哨子时的极度愉悦感到惊讶。水手们笑得前仰后合。马可可一本正经地吹得舌敝唇焦，跑到树林里吹，转

---

[1]　Léon Guiral（1858—1885），法国探险家。
[2]　Makoko，今天非洲刚果一带的部落王国首领。
[3]　Brazza，刚果共和国城市，与刚果民主共和国首都金沙萨隔河相望。

身对着小屋吹，仰头对着天空吹。吉拉尔笑了。水手们和吉拉尔都不知道，马可可是神灵的主人，也是唯一能通过高音哨声与神灵交流的人。艺术就是马可可的口哨。

致路易丝·科莱，1852年2月："这就是我热爱艺术的原因。在艺术中能满足了一切，能做了一切，人们既是它的国王，又是它的子民，既主动，又被动，既是受害者，也是牧师。"人们既是上帝的散文，也是它的玩笑；既是完美，也是它的崩溃；既是书，也是反书；既是操人者，也是被操者；你是母牛，也是屠牛斧。没有人会从背后把你带走。我们和绝对散文一样抽象无形。我们是木头做的。

关于孤立在抽象文学里的作家，关于在语法争论、文学小句子、微渺的悲伤或自尊的胜利中浪费生命的壮年男子，夏多布里昂写道："所有这一切都不配做人！在这个什么都能做的时代，要做到一无是处还不够难吗？我们很想有用处。但战争在哪里，上帝在哪里，九十九个妻子的后宫在哪里，王国和封邑在哪里？受苦和再生的人性在哪里，革命和热情的慈善在哪里，冉阿让在哪里？来吧，现在只剩下散文了，那种让人痛苦又让人享受这痛苦的文字，那种杀人的文字。"

《包法利夫人》里从鲁昂到永镇的马车叫"燕子"。开车的人叫伊韦尔。燕子带来了冬天。太阳带来黑夜，河流流向源头，看清楚就会变成瞎子。我们在《启示录》里，不是吗？因为这个世界必须灭亡，因为这件事在上帝的脑袋里，因为这件事在我们的脑袋里。

可怜的艾玛就是坐着这辆世界末日的马车来到了她受难的地方——永镇修道院。文学驾驶着马车。车厢里坐着一位褐发美女，她将受尽折磨。我们都站在马车的车门外，有些气喘吁吁。当她下车时，我们看到了她的脚踝。

对于这个珂赛特 ①，冉阿让在哪里？

在卢瓦雷工商会，这是我人生中为数不多的一次工作。在资本的软硬兼施下，我为不知是哪种移民融入培训和假慈善开设了基础法语课。因为我必须寻找语言运用的范例，所以我在福楼拜和其他作家那找到了些。在其中一门课上，有一位迷人的年轻女子，金发碧眼，充满梦想，发愣而勤勉。她认真地做着笔记。我有时会谈论《包法利夫人》。课程结束时，这些年轻人邀请我参加一个聚会。时维四月，丁香盛开，我和那位漂亮的金发女郎跳起了舞。她告诉我，在我向他们展示的所有美丽事物中，她最喜欢的就是"美丈夫夫人"②。

今天是谁让她受尽折磨？哪个美丽的丈夫，哪些个美丽的情人？

---

① Cosette，雨果《悲惨世界》里的主要人物，芳汀的女儿、冉阿让的养女。
② 她把 Bovary（包法利）念成了 Beaumari（美丈夫）。

包法利夫人是所有女人。她是我的母亲。她是女人的哭泣，是永远漫溢、溢出的可怕挫折。勒鲁瓦-古兰[1] 写道，在洞穴艺术中，女性符号和伤口是可以互换的：为了表达同样的思想，旧石器时代的艺术家、思想家或作家可以描绘外阴、被刺穿的牛或从箭上滴落的血。外阴、欺诈、斧头下的野兽、鲜血是同义词。这个符号可以称为艾玛·包法利。它是腹部伴有哭泣的裂缝。**七苦圣母**[2]。

"他们要酒、要肉、要金子。他们喊着要女人。他们用一百种语言狂欢。"这就是野蛮人，《萨朗波》里清澈善良的野蛮人。他们索要的是世间唯一可以体面索要的东西。他们的脸赤裸而贪婪，他们没有面具。他们不要求纸张来保持书

[1] Leroi-Gourhan（1911—1986），法国考古学家、人类学家，尤其在史前史研究方面贡献卓著。
[2] 原文为拉丁语 Mulier dolorosa，指的是圣母玛利亚在人间经受的七种苦难。

本的缄默。

我们的力量大于我们的目的，这种不相称使我们不知所措。1790 年，邦雅曼·贡斯当[①]在海牙遇到了一位德蒙泰人，即撒丁岛外交官雷维尔骑士。这位骑士患上了一种精神错乱症："他声称上帝，也就是我们和我们周遭的创造者，在完成它的工作之前就死了；它拥有世界上最美丽、最庞大的工程和最强大的手段；它已经实施了几个手段，就像一个人搭起脚手架来建筑一样，但在工作的过程中，它死了；我们就像没有表盘的钟表，具有智慧的齿轮不停地转动，直到磨损，却不知道为什么，还总是自言自语：既然我在转动，我就有个目的。"

年轻的福楼拜充满力量，齿轮转动得无懈可击。该如何修补表盘，让所有这一切都清晰可

––––––––––––

[①] Benjamin Constant（1767—1830），法国浪漫派作家、自由主义思想家，著有小说《阿道尔夫》、论著《古代人的自由与现代人的自由》。

见，推翻高山的能量、狂暴的节奏、炸掉埃特纳①火山口的欲望、荷马史诗般的狂怒？这将是一本书，是自荷马以来格式化的任意而盲目的小表盘。我们将把维克多·雨果（Victor Hugo）的"g"放在中间，伤痕累累的裂缝、奶牛、木腿和被忽视的小女孩围绕着它旋转。我们把愚蠢、拒绝和木制面具放在中间。我们把神谕之树放在那儿。我们将制造伟大的作者。表盘上停走的时刻将写着：伟大的作者。②

我们会很快耗竭。我们会像圣父一样，在工作中猝死。

在卡纳瓦莱博物馆③的地下室，有一间僻静的房间，参观者很少在此停留。这是一个终极参照物的房间，是伟大作家们的房间，在这里沉睡着与他们的身体最接近的复制品，也就是

---

① Etna，意大利西西里的火山。
② 首字母大写时也有上帝之意。
③ Carnavalet，巴黎历史博物馆。

那些永远与他们粘在一起的复制品。这里是死亡面具室。它们是用石膏做成的。从帕斯卡尔到"一战"前的作品都在这里，当时这种滑稽的做法很普遍。我们不知道为什么，有些被突出一点展示，被挂起来或竖直了，比如谢弗勒尔[①]或圣马丁的路易-克洛德[②]、卢梭。小丑胡子下的福楼拜。尼采的也不错。他们很少用鸡毛掸子掸灰尘，没有人对此感兴趣，清洁女工一定认为有一些限制。房间里弥漫着灰尘、馊奶瓶和死亡的味道。这就是传世的房间。这里离大树很远。

有一种方法可以拯救福楼拜——拯救福楼拜的生命，他的散文不需要我。那就是假设他撒了谎，假设他从未做过僧侣或苦役犯。假设他在克瓦塞的大部分时间里，十指都无所事事；他喜欢塞纳河，喜欢杨树上的风，喜欢他的小侄女吃果

---

① Chevreul（1786—1889），法国化学家，对脂肪、染料和色彩均有突出研究。

② Louis-Claude de Saint-Martin（1743—1803），法国哲学家，又称"不为人知的哲学家"。

酱，喜欢田野里的大奶牛，喜欢公牛的哞哞叫 ①，喜欢不时出现的高个女人，喜欢阅读带来的放荡，喜欢知识带来的奢侈；他快乐地采摘椴树叶泡凉茶，快乐地在脑子里琢磨腓尼基人 ② 的命名法；时不时地为了赶时髦，为了让巴黎人吃一惊，为了给他在巴黎的谄媚者提供工作，他还会跑到自己的小房间里，写下几个完美的句子，这些句子是他自然而然想到的。就我而言，如果他能回来，如果他能在我面前舒展他的大胡子，我希望他告诉我拉马丁 ③ 晚年说过的话："善良的公众相信，我用了三十年的时间来对准韵律和思考星辰。其实我没有花三十个月的时间，诗歌对我来说就像祈祷一样。"

也许只有一种方法可以证明作品的卓越，只

---

① 原文为拉丁语 mugitusque boum，来自维吉尔的半句诗，雨果在《沉思集》里用它作过诗题。
② 古代地中海沿岸地区部落，建立了迦太基王国，萨朗波即腓尼基人。
③ Lamartine（1790—1869），法国浪漫主义诗人、政治家。

有一种方式可以一劳永逸地打破面具，只有一种超自然的方式可以证明文字的万能：那就是死于享乐。完美艺术家死于他的歌声之美。这个完美艺术家，完全合理且被认可，存在于《包法利夫人》中，在一个滑稽的场景中，艾玛和莱昂为自己的身体而恼怒和疯狂，在导游的带领下参观鲁昂大教堂时，他们陷入了瑞士人的话语中："这里"，他威严地说，"是昂布瓦兹①大钟的钟口。它重达四万磅。全欧洲都没有类似的大钟。工人铸好了钟，一高兴就死了"。

这口重达二十吨的大钟从天而降，落在它的制造者的脸上，这就是杀人的文字。

1852 年 7 月 16 日。他在夜里完成了《包法利夫人》的第一部分："星期五早上，天刚蒙蒙亮，我就去花园散步。雨下过了，鸟儿开始歌唱，大片深灰色的云在天空中飘荡。我在那享受

---

① Amboise，法国卢瓦河谷中央大区城市。

了片刻的力量和无边的宁静。"

鸟儿们所唱的是，书在这一刻暂时写完了。书悬搁了。神恩的呼吁被接受了，不，我们不能摘下面具，它太牢固了，但我们可以忘记它的存在，感受黎明的风从关节处吹进来。我们享受树木。塞纳河畔的世界是由金色的麦茬、发亮的条堆、远处的山毛榉林组成的，那里有心脏跳动。在农场的乳品厂，小女孩用手指蘸牛奶，撇去奶沫；在一个男人的注视下，女孩笑称自己刚刚得到满足；人类怪物忘记了自己是怪物。世界可以没有散文。

鸟

"当它拍翅时，它是不相称的；当它进食时，它是迅捷的；当它攻击时，它是伤人的；当它喙咬时，它是干脆利落的；当它攫取时，它是大快朵颐的。"我把这句完美的话归功于一本阿拉伯狩猎论著的译文。这里所说的"拍翅""喙咬"和"迅捷"的凶猛、致命和无赖的东西，就是鹘鹰。引用的这句话恰恰位于本书的中心，我喜欢把它看作本书的秘密顶点。

约 1370 年，苏丹卫队绅士、马穆鲁克①之子

---

① 公元 9 世纪至 16 世纪之间服务于阿拉伯哈里发和阿尤布王朝苏丹的奴隶兵，后于 13 世纪在埃及建立了自己的王朝，包括巴赫里王朝与布尔吉王朝，统治埃及三百年左右。

穆罕默德·伊本·芒格利 ① 在开罗写下了《尘世大人物们与旷漠野兽的交道》一书。当时他已经七十岁了。他已经发表了四本关于战争的专论，其中三本为人所知；第四本也很好，我们只知道标题是《为战士们灌溉的淡水》。与其他著作一样，他的狩猎论文也是受苏丹玛利克·阿什拉夫·沙班委托撰写的。他作为作家的活动可能是偶然的，因为他首先是一个骑马和佩剑的人；也可能不是偶然的，他骑马和宣誓只是为了能够写下他这样做了。有两种人———一种是承受命运的人，另一种是选择承受命运的人。伊本·芒格利是后者之一，如果我相信他对《古兰经》中这句话的赏鉴的话："谁相信自己在某种职业中找到了神恩的标记，就让他坚持下去。"他显然知道如何受恩地做三件事：狩猎、战斗和使用恰当的词语（这三件事其实是一件事，服从苏丹，苏丹是人世间最接近命运的人）。他坚持从事这三项

---

① Muhamad Ibn Manglî，埃及突厥裔奴隶出生的著名战将和猎师，苏丹玛利克·阿什拉夫·沙班的近侍和重臣。

职业。他曾在绿色新月下发动战争。他猎杀过大象。他把猎鹰放在左拳上。他为猎鹰的每一个行为、每一个动作的每个瞬间、每一次休息的每个瞬间命名。为此，他选择了传统在他之前选择的词语。

我说过，他写这本狩猎论著时已经七十岁了，这本专论的顶峰是关于大猎鹰的可怕句子。他的视力衰退了，他的手臂也不再稳健：他现在只能使用游隼，他再也不能放飞或接收大鹘鹰了，他还写道，当大鹘鹰跳到他的拳头上时，几乎会让你的手腕脱臼。他想到了时间，想到了让时间终结的死亡。在金合欢树下，在沙漠中，在宫殿里，在帐篷下，他思考着自己会选择怎样的死亡。十年后，才被知道。

传统和阿拉伯学者对这一死亡的细节众说纷纭。但他只能在三个面具下死去。在这三张面具背后，他选择了同一张脸。

1377 年 3 月 17 日，苏丹沙班在一位开罗女歌手朋友的家中举行了一次小范围的宴会；在午餐后的歌声和喷泉声中，卫队中的切尔克斯人闯入宴会厅，勒死了苏丹和他的随从。也许伊本·芒格利当时也在那里，有人为他做了一条丝绳。如果他逃过一劫，有可能在这场残酷的权力更迭之后，他被贬到东方的阿勒颇、纳布卢斯或凯撒利亚①，被囚禁在苏丹穆拉德围攻的不确知的马尔凯地区：那时他有时间写作，也许是写挽歌，但这些挽歌已经失传；他和大多数人一样，死于疲惫。最后，人们推测他能够在政变中幸存下来并为新主人服务，他是在一次鹰猎中坠马而死的。

也许他感受到了杀手入室、歌声戛然而止时的肮脏恐惧；他惊骇于或惊讶于手势的精准、速度和确切，惊骇于手臂在颈脖上缠绕丝绸领带的优雅，惊骇于颈脖断裂并转到另一个颈脖的尖锐声响，仿佛在跳舞。或者躺在阿勒颇凉爽的城堡里，在王子的一间囚室里，那里什么都有，玫瑰

---

① 这三个城市分别位于今天的叙利亚、巴勒斯坦和以色列。

和书籍，甚至还有他的弓和头盔，但没有窗户，因为那也是一间囚室——只有一扇高高的天窗，穆安津①的歌声和市场的声音从天窗传进来，阳光透过天窗照进来，但没有照到伊本·芒格利，或许他因庸俗的病痛在囚室里痛苦了很久，他呻吟着，欣赏着难以接近的太阳，欣赏着蚕食他肝脏的鸟嘴不可抗拒且准确无误的攻击。或者在沙漠和水潭间，在骑兵中间，他倒在地上，背脊骨折，他在巨大的天空中看到了猎鹰凶残的掌控，看到了苍鹭和鸨的奴颜婢膝。不管怎样：不管他的死因是什么，他都选择在死亡中看见最伟大的猎鹰。

他看到了自己书中的顶点。他写下的句子像放飞的猎鹰一样骤然坠落。他意识到，他所谈论的并不是鹘鹰，而是死亡。这个致命的存在，尖锐、匆忙、微小而不可估量，这就是他的死亡。在开罗歌手的家里，在阿勒颇，在水潭附近，他

---

① Muezzin，伊斯兰教负责在清真寺的宣礼塔上宣礼的专人。

看到鹘鹰降落。它赤身裸体，像石头一样落下，折断你的手腕。伊本·芒格利选择了观看。让他眼前一亮的是他的死亡。当它拍打翅膀时，它是不相称的。他欢迎它，爱抚它。它很小。他说："当它喙咬时，它是干脆利落的，而当它攫取时，它是大快朵颐的。"死亡大快朵颐。脖子在开罗断裂。血从口中喷出，溅在阿勒颇的白墙上。在水边，脊髓断裂，大脑成了死肉。

我再也看不到伊本·芒格利的脸了。我将看到的是鹘鹰。

大　象

密西西比州是行动的地方。南方的七月。1931 年。在摄影师詹姆斯·R. 科菲尔德[①]的工作室里。我不知道这台古老的柯达相机是在大三脚架上，还是在科菲尔德的手中。我倾向于三脚架，因为那是 1931 年，也倾向于华丽的场面、黑色绉纱、大炮瞄准器和大口径。在大口径的瞄准镜里，坐着威廉·福克纳。尽管天气炎热，但他身着粗花呢，白色道尔顿衬衫敞开着，毫不张

---

① James R. Cofield，福克纳当时住在密西西比杰弗逊，科菲尔德是附近的一个当地摄影师，颇有闻名。

扬，摆出了从蒙巴纳斯①途经新奥尔良②的时髦艺术家姿势。他双臂交叉，但不像在教堂，而是像在午餐后。他的右手拿着个小小的火沙漏，那是一支非常珍贵的香烟，它以难以忍受的敏锐度记录着时间的流逝，将时间缩减到瞬间，一支香烟的燃烧时间可与一个人身体的复杂燃烧时间（我们称之为生命）相媲美，但又比它短促得多。这就是1931年的好彩香烟③。威廉·福克纳的轰动亮相，就像是好彩香烟和粗花呢的诞生。

摄影师和模特都不知道，他们之间奇怪的交易，某种程度上的交配，将诞生福克纳的第一张神话肖像。但我们知道。我们熟悉艺术家的正面、巨大而坦率的形象，他是个一无是处的年轻人、一个年轻的统帅、一个年轻的农民；围绕着这张头像，就像福克纳自己写的肖像一样，所有

---

① 巴黎14区著名的街区，20世纪20年代世界各地的文学艺术家云集于此，包括美国"迷惘的一代"作家等。
② 美国南方路易斯安那州港口城市，爵士乐兴盛之地。
③ 英文lucky strike，美国烟草公司R.A. Patterson于1871年推出的口嚼烟品牌，它在20世纪30到40年代是美国最受欢迎的香烟，而且在"二战"时是美军的专用香烟品牌。

的形容词都漠然地旋转着，一会儿悬挂，一会儿滑落，一会儿变成它们的对立面，一会儿又保持不变，一无所有却创造了存在，然后又将其毁灭，再次创造它，不厌其烦地重复着造物主不可思议的错误；因此，这个人物就像任何一个萨托人、康普森人、萨德本人或斯诺普人①一样，既沮丧又胜利，既强大又懦弱，既悲惨又狡猾，既冷漠又着迷，既迟钝又顽强，既顽固又无限堕落——就像他笔下的大象和大鲸鱼一样，既巨大又徒然。

这都是读者的幻想。我想回到1931年的好彩香烟，回到科菲尔德按下快门的那一刻。不管是不是无意，摄影师调用硝酸银上的光线和闪电绝非偶然。我想知道为什么在密西西比的七月，科菲尔德的手指会在那个精确的时刻做出正确的小动作，让可能宿醉、但天太热穿着粗花呢外衣而浸湿了道尔顿衬衫的肉体成为一个偶像。我愿意相信，促使他这样做，或许命令他这样做的，

① 福克纳"约克纳帕塔法世系"小说里的人物们。

是福克纳目光中的一个微小变化。

福克纳看到了他眼里总在注视的东西，它不是科菲尔德，因为科菲尔德已经死了，被埋葬了，它不是被丢弃已久的柯达，它不是你或我、读者、修辞者。让我们称他看到的东西为：大象。

詹姆斯·麦克弗森 ① 在他的南北战争（南方称为"邦联战争"）史中讲到，一个士兵第一次看到了火，有人说："**他看到了大象**"。这不是普通的火；这是彻头彻尾现代的火，由发明家施拉普内尔 ② 发明的全新榴霰弹、舞者般轻松自如的 13 英寸巨型迫击炮、连发斯宾塞步枪和膛线枪管喷射出的火。所有这些东西在骑兵冲锋时的燃烧时长，加上马刀、军旗、翎毛和所有其他的、与好彩香烟的燃烧时间大致相当。所有这些都是令人恐惧的美丽的火制技术，不可饶恕，但却是人

① James McPherson（1936— ），美国历史学家，以研究南北战争知名。
② Shrapnell（1761—1842），英国军事家、发明家。

类不可或缺的：战争，大象。

这头特别的大象，它的长鼻能吐出阿姆斯特朗炮弹[①]，耳朵像斯图卡[②]机翼一样张开的大象，我们知道，威廉·福克纳曾热切地希望见到这头大象——他甚至声称在第一次世界大战快要结束时，曾身着皇家空军的制服，在法国上空与它相遇并交战。但是，福克纳也和其他许多人一样，别的不说，他也是一个冒牌货，也许基本就是一个粗暴的冒牌货：我们今天知道，他作为飞行员的经历仅限于在加拿大的几次试飞，而且在他的中队去凡尔登上空与大象搏斗之前，战争就已经结束了。因此，他观看的并不是这种战争，即使这是他假装在看的战争。

他所看到的大象，科菲尔德所见的福克纳看到的大象，也许就是我们一出生就被举起大爪子、我们向它微笑、它喂养我们的那头大象：它是家庭，血缘关系意味着最后一个出生的总是最

---

① 英国工程师阿姆斯特朗（1810—1900）发明的大炮。
② 德国人发明的战斗轰炸机。

后的最后，是肉体的偶然杂交，它给了我们肉体，也给了我们肉体不是偶然而是命运的幻觉。福克纳写道，这个有两个性别、多个头颅、生活在战争状态中的实体，其男性的一半因爱而恨并同居，女性的一半因恨而爱并同居；这个实体在福克纳家族，就像在阿崔迪斯家族[①]和塔尔坦皮翁家族[②]一样，特别繁复：他们被困在一个神话先祖的铁制模型下，这个先祖把所有的牌都握在自己手里，确保任何继承他的男性肉体都将沦为没有命运的肉体，因为命运就是他，只是他，先祖。他对这一切毫不讳言，并一扫而光：军事上的荣耀，由他出资组建的木兰步枪连，在马纳萨斯战役[③]中与杰克逊将军[④]并肩作战，神话中的

———————

① les Atrides，古希腊神话中的家族，充斥着杀亲、乱伦的暴力循环。

② les Tartempion，塔尔坦皮翁是一个俚语，指偶然得来的任意一个家庭名字。

③ 1861年7月21日发生在弗吉尼亚的马纳萨斯附近的一场战役，是南北战争中第一场重大战役。南方军队在杰克逊将军的指挥下粉碎了北方军剑指里士满的攻势。十三个月后杰克逊将军在同一地点再次大败北方军。

④ Jackson（1824—1863），美国南北战争时期南方军的重要将领，绰号"石墙杰克逊"。

杰克逊，石头砌的墙，石墙杰克逊——那个戎马倥偬的人，那是他的祖先；边疆地区的男子汉，头戴鹿皮帽，手持六连发步枪，那是他，他在决斗中射杀了两个人，一个是在去吃午饭之前，另一个是在午饭之后——另一顿午饭；他征服了财富，威士忌、咸猪肉和糖蜜顺着密西西比河流下，在他自己的银行里兑换成绿钞 [1]，那是他；他获得了文学上的荣耀，《孟菲斯的白玫瑰》[2] 写得很别致，密西西比州、路易斯安那州和佐治亚州的每个小贩都在出售，那是他；最后，他在破产时发出了至高无上的蔑视和无可挑剔的大笑，那仍然是他，他因为拒绝拿出六发子弹对付一个流浪汉而让自己中了枪。所有这一切，都是为了在密西西比州牛津市的死胡同里，让一个身高一米六三的人成为有教养的年轻嗜酒狂。亲情，更确切地说是福克纳称为南方的那种夸张而罪恶的亲情，是第一头大象；而它被身着宽大军装的老上

---

① 即美元。
② 福克纳的曾祖父威廉·克拉克·福克纳的小说。

校威廉·克拉克·福克纳 [1] 牵引着。

让我们暂时停留在家庭上，这个怒气冲冲的内婚家庭，换句话说就是南方。这里并不都是死去和埋葬的祖先，尽管他们确实挡住了你的去路，打扮得过于华丽，想要把你干掉。黑夜中还有活着的女人怪异的叫声，母亲和热情的小表妹**愤怒地藏在黑暗的树林里**。南方就藏在那里，藏在衬裙和围裙下，总之藏在大森林的深处。但它确实是一头整全而粗鲁的巨兽，一头大象，你可以从中看到我所说的一出滑稽剧表演：1927 年，出版商利夫莱特 [2] 拒绝了福克纳的一本书，书中以**尘土中的旗帜**（这正是该书的书名）形式展现了南方的失败；红色平纹布上的十三颗白星被钉在邦联的圣安德烈十字架上，该隐的旗帜在泥泞中被拖曳——然而，福克纳刚刚收到利夫莱特的退稿信，在一种莫名的激奋中，正如他本人多次

---

[1] William Clark Falkner（1825—1889），福克纳的曾祖父，军人、商人、作家，对福克纳的作品影响显著。
[2] Liveright，1917 年成立于纽约的一家出版社，直至 1933 年停业，出版了不少后来成为经典的美国文学作品。

解释的那样，他看到的南方是一个爬在梨树上的小女孩被弄脏的内裤，她被禁足的兄弟们目不转睛地注视着。她，小女孩，望着窗外死去的女祖先。这就是她度过时日的地方，邦联的星条旗，大象的鞍鞯：穿着老太太的裹尸布和小女孩的内裤。也许正是这块破布令人愉悦的变形，让福克纳手拿好彩香烟的这天，露出了一丝微笑，但也没有更多了：毕竟，这条内裤的名字叫《喧哗与骚动》。

有一种非常简明而古老的方法可以补救这种双重的邪恶，这种双重的拒绝：既不能成为最初先祖，又不能碰妹妹的内裤。幸运的是，这种大象般的补救措施在南方碰巧也有一个名字：White Mule，白骡子，这个词的变体是波旁威士忌。这是一种非常简单易得的烈酒。它是一种强有力的说辞，你吞下它，它就会像施拉普内尔弹片和小女孩一样进入你的身体。它服务于所有目的，能产生所有效果，而且除了一杯接一杯地倒空之外，没有任何其他理由；对立面在其中激烈地翻腾，让你再也无法将它们分开，就像伊丽莎白时代的伟大修辞一样。你是祖父，你是小女孩，你是尸体，你是旗帜，你是破布，你是南方。而且，因为这次你吞下了大象，你把它所有美妙而可憎的化身都踩在脚下，把你想成为的一切、你害怕成为的一切和你是的一切都踩在脚下。这种反自然的舞蹈还有一个好处，那就是包含了对自己的惩罚：至少你永远地倒在了大象的脚下，它收起自己的大脚掌，整晚坐在你身上，它的象牙嵌在你头部两侧的地板上。这个魔术师，这个重达六吨的舞者，还拥有加速燃烧的力量，让你的存在尽可能地接近一支好彩香烟。我确信福克纳不仅在这张照片上，而且在所有照片上都看到了这头大象：他不是牵引大象，就是在大象的脚下，视情况而定；但那头大象是他的伙伴、他的密友、他的好天使，也是他的杀手——它总是在照片的一角。也许在科菲尔德的照片里，在他三十四岁的时候，他看到了自己将死于此——好吧，也不完全是：死亡，以惊人的准确性，将以名为"石墙"的马为借口，是的，就像"石墙杰克逊"、马纳萨斯的兽性英雄、该隐军队的将军、先祖的朋友。所以，这匹四条腿的"石墙"马会把他搞瘫，几天后他就会死掉，老象就会死在他的胸膛上。

石墙。对一个在牛津镇死胡同里长大的年轻瘾君子来说，还有一堵石墙，肮脏、隐秘、封闭。砖块是书，是图书馆——或者至少是一个被认为是失败者、酒鬼和臆想狂的小年轻心中的图书馆，他确实是这样的小年轻，但他想成为一名大作家，并以此为目标，满怀激情与恐惧，连续数日阅读。文学被称为石墙。并不是每个作家都有这样的称谓：有些人像蝴蝶一样在文学中翩翩起舞，书籍对他们来说是花朵，而不是砖块。他们不会高估楷模、大师们的价值。他们知道，大师们和他们有着同样的肉体，有着相似的本质和内涵。他们是人，他们用人的手段来写书。他们不明白文学为何要被督促说出大师没有说过的话，没人能说出的话，也就是说，如果上帝出现在密西西比州的牛津镇的上空，祂会说什么。这是因为他们是老实的人类、社群成员和公民，他们尊重自己，为了尊重别人，他们不需要把别人变成大象。但是，一个失败的牛津镇酒鬼和神话狂知道，对他来说，艺术和文学的永恒共同体，已故或在世的同行之间礼貌而富有创造性的交流，对自己和他人的尊重，这些都是行不通的；他知道，或者说他相信，要弥合这道鸿沟，要打破大象莎士比亚、大象梅尔维尔、大象乔伊斯嬉戏，沉睡和冲锋的那堵坚不可摧的墙，唯一的办法就是自己变成一头大象。自"伪朗吉努斯"[1]以来，这种文学观念就有了一个古老而沉重的名字：崇高。众所周知，凡是陷入崇高范畴的人，凡是扮演天使的人，事情一般都会出错，人们所做的只是建一堵又一堵墙，直到最终的沉寂。福克纳则不然。

---

[1] 过去认为《论崇高》是古罗马修辞学家朗吉努斯所作，现今考证认为实际上是古希腊的同名作者，为了区分称为"伪朗吉努斯"（Pseudo-Longin）。

1931 年，这道看见大象的目光毕竟是平静的。他的主人出现在他身上，他嘲笑国王和那些不是国王的人，就像另一位以铁腕牵引崇高的囚徒费尔南多·佩索阿①所说的那样。他是冷静的，他写过《喧哗与骚动》，他是伟大的修辞学家，是一头大象。他的主人在他身上显现出来②，庞大而修辞如弯管机。他发明了一种推土机式的散文，上帝在其中无休止地重复自己。这篇散文就像好彩香烟的燃烧一样无懈可击。好彩香烟轻轻地灼伤了他的手指。在科菲尔德藏身其后的黑幕布上，他读到：四十年后弗兰纳里·奥康纳③会对科因德罗④说：读福克纳的人就像伯明翰特快列车经过时在铁轨上睡着的人。福克纳在铁轨

---

① Fernando Pessoa（1888—1935），葡萄牙作家、诗人，生于里斯本，擅长"异名"写作，除童年在南非德班生活过外，一辈子基本没离开过里斯本。
② 这句话化用自佩索阿写给友人书信里的一句话。
③ Flannery O'Connor（1925—1964），美国作家，也以写作南方小说知名，代表作《好人难寻》《智血》等。
④ Coindreau（1892—1990），福克纳的法语译者，他的翻译让福克纳在法国乃至欧洲声名鹊起。

上睡着了，同时他又是伯明翰专列。他看到了那一切，这一切和那一切。好彩香烟燃不久了。科菲尔德按下了快门。

上天是一个很伟大的人

此外，拥有更伟大灵魂的斯维登堡①已经告诉我们，上天是一个很伟大的人。

——波德莱尔

我很少祈祷。2001年9月初，我的母亲——她此生一直尽力作为我的父亲和母亲，她晚年本可以成为我的女儿——在小城G②的医院里去

① Swedenborg（1688—1772），瑞典神学家，他的心灵学说，对梦幻和异象的关注，对巴尔扎克、波德莱尔等人产生过影响。
② 法国西南落后山区克勒兹省（Creuse）的省会城市盖雷（Guéret），米雄出生于克勒兹省村庄，曾在盖雷寄宿学校念过高中。米雄的父亲在他两岁时离家出走，他和抚养他长大的母亲感情很深。

世了。她的窗外有大片大片的树，树叶堆成的墙。那年夏末的每一天都很美，阳光在绿色的墙壁上无休止地变幻着，就在这位爱树的女人眼前。我每天都能看到她，但当我在9月7日到达时，我看到了这一切（我的头脑看到了，但我的心却跟不上）：她在呻吟，她不再说话了，她进入了藏族人称为中阴身的灵魂游荡的时刻。我坐在她身边，过了一会儿，我无法用小时或分钟来衡量，我嗖的一下站起来，跑到外面，跑进一家书店买了几本书。我花了些时间来挑选。我带着《罗马高卢考古地图》第23卷、米歇尔·福柯《言与文》的四开本①版第2卷和第三本我已经忘了名字的书回来。我仍在奔跑，就像寓言中的兔子。当时可能是下午六点钟。当我走进母亲的房间时，她已经没有了呻吟，也没有了呼吸，我握着她还是温热的手。被叫来的护士确认了

---

① Quarto，法国伽利玛出版社下属的一个出版经典作家合集的系列，开本较大，往往配有插图，版本质量受到学界肯定。因价格不贵，也被戏称为穷学生的"七星文库"。

她的死讯，然后留下我一人。只有我一个人的魂还在那观察，就像之前做的那样。书规矩地放在床脚的小袋子里，紧挨着尸体的小脚。绿色的墙壁对精神有好处。精神自身也很温热，就像往常一样。我不得不祈祷，呼唤这位女士应有的心灵和灵魂。我试着念教理课学的其中一句话，可能是"我们的父"，但很快就停了下来。然后我大声念了出来，好让那个死去的女人在某种程度上能够听到："在我们之后活着的人类兄弟们，不要对我们心硬，因为如果你们怜悯我们这些可怜的人，上帝也会更快地怜悯你们。"① 我的心和灵魂奔驰起来，我流着泪把这首诗从头到尾念了一遍，我站在母亲的尸体前，就像一个人应该站在那里，泪眼婆娑。

几年前的十月份，我曾做过另一次祈祷。一个孩子在夜里出生，我凌晨刚回到家。有一种渴望涌上心头，就像要祈祷，要合十，要敞开。我

---

① 法国中世纪诗人维庸（1431—1463?）的名句，出自他的《绞刑犯谣曲》。

坐在床上，静静地，像一个人独处时那样微笑着，大声地念《沉睡的布兹》①，从头念到尾。我念这首诗，就像应该这么念，在平静中接受了一切，希望与一切理智相悖，荣耀总会到来。

　　正如助产士在例行报告中写到的那样，《绞刑犯谣曲》可以为死去的母亲而念，而《沉睡的布兹》则可以为活蹦乱跳的初生女儿而念。在这两种情况下，很少有诗句能够经得起考验，就像有人说钨在绝对零度的温度下经得起考验一样。悬浮在地球和月球之间、观测宇宙大爆炸的美丽望远镜就是用钨制成的。我读到的这两首诗是在凝视尸体，所有的尸体，包括母亲的尸体，它们在凝视灵魂，灵魂记得它曾居住过的这些尸体，它从这些尸体中观察到**宇宙大爆炸**的一小块碎片，这一小块碎片转瞬即逝；它们在看活生生的身体，出生的小孩子，他们会老去，会死去。它

---

①　雨果的诗歌名篇，出自诗集《世纪传奇》。

们看着他们，与他们交谈，谈论他们，尸体、小孩子和处于两者之间的我们，就好像尸体、小孩子和我们是一样的——而事实也是一样的。它们安抚尸体，它们让孩子保持站立。这大概就是诗歌的功能。除此之外，我想不出还有什么其他功能。诗歌可以有这样的效果，可以起到这样的作用，可以让人在同样的一瞥中看到**宇宙大爆炸**和最后的审判以及两者间发生的一切，永恒的哀悼和同样永恒的欢乐，财富和它的苦难阴影，绿色的墙壁，死去的女人，活蹦乱跳的形容词；通过短暂地赋予人们这种双重视角来扰乱他们。我们的时代是贫困的时代，诗人何为？[①] 2002年是贫困的一年，正如1462年在穆兰[②]，维庸完成了他的《遗嘱集》，正如1859年雨果在5月写下了《沉睡的布兹》，正如新石器时代晚期的那一年，布兹做了一个梦——诗人何为[③]，诗人的意义何

[①] 这句话化用自荷尔德林的名句："在贫困时代里，诗人何为？"
[②] Moulins，法国奥弗涅山区城市。
[③] 原书此处使用的荷尔德林的德语原文 Wozu Dichter。

在？只为此。

我肯定过去还祈祷过，但那些祈祷并不是真正的祈祷，不是向死去的老妇人或活着的小女孩祈祷——它们不是向任何东西祈祷，而是向树木祈祷，向我的自我放纵祈祷，向没有韵律或理由的快乐祈祷，这种快乐为了十倍的增长而赋予自己韵律。有一次，我跟随几位考古学家朋友前往位于上埃塞俄比亚门兹省的一个考古发掘现场：那里海拔三千米，地处热带，换句话说，气候类似托斯卡纳，天空过分蔚蓝，还有这种被地理学家称为公园的植物覆盖。这是一片热带稀树草原，但它与牧场和喀斯高原类似，像英国的草坪。发掘工作标出了中世纪国王的帐篷城，正如维盖提乌斯①所建议的那样："在安全的地方安营扎寨，那里有丰富的木材、饲料、水和洁净的空气。"这些都很丰富；还有谷物，当地人用坚硬

① Végèce（？—450），古罗马作家，著有《论军事》四卷。

的含羞草犁铧埋藏谷物，用镰刀收割，然后在打谷场上脱粒；还有巨大的刺柏树，树形高大，适合为国王遮荫；还有露出的玄武岩岩柱群、乱堆的岩石、坍塌的美丽多面体石块，我们本可以吃掉它们，就像兰波的《饥饿》中那样，你坐在上面，像国王一样；穿过国王的营地和倒塌的岩柱群，是一片长长的宽阔草场，上面种植着桉树，陡峭地倒在三百米高的峡谷的天然壁垒上。

那是我经常去的地方。那里荒无人烟，什么也没有。我常常以为我是一个人，突然间，孩子们包围了我，他们专注、恬静、乐于助人，用蹩脚的英语解释你想要的任何东西的功能，风、树干、树枝、上帝，或者如你喜欢的韵体诗。他们并不讨厌。只是，从第一天起，他们就注意到我的口袋里总是装着几支彩色塑料铅笔，这种铅笔是在车站小卖部买的袋装铅笔，对他们来说是宝贝："神父。笔？给支笔吧，神父。"[①] 与神父打

---

① 原文为英文 Father. A pen? Give a pen, father。

交道（他们以为我是牧师、族长或根据他们观察仅仅是个老人）并不能阻止他们从桉树上捡拾枯枝，因为这就是他们来到峡谷上方草场的原因。拾柴是门兹族孩子们的义务，最多是年轻男人的义务；我知道，很少有妇女拾柴，她们都是寡妇或被遗弃者，没有孩子。在这种情况下，许多妇女都在急切地寻找一个伴侣，一个传种者，不管他是谁。她们其实并不挑剔。

　　一天傍晚，我看到了一个。她从草场的另一头走来。她一边拾柴，一边向我做着小手势。那是一种邀请，既慎重又明目张胆，是微笑，是眼神，是一种谦虚而坦率的方式，是想让自己显得更有优势，既不琐碎也不粗俗。我当时不明白她想要什么，我以为她是在表示友好。她挎着包来到我面前。她可能有三四十岁了，长得还算漂亮，只是牙齿掉光了，肚子也变形了。她微笑着对我说话，毫不客气地用全世界都在说的糟糕的美式英语，也就是帝国的叙利亚语。她的四个孩子死了，丈夫也死了。她面带微笑。她有着生命的勇猛。她直视着我的脸。回家。面包。牛奶。我。塔拉①（埃塞俄比亚语的啤酒）。她笑了，她是认真的。我也笑了，告诉她我已经有了家和家人，村里有人在等我喝塔拉酒。我给了她一些爱以外的东西，就是那种放牛仔裤后口袋里的、什么都派得上用场的东西。她带着同样的微笑和同样的直率态度离开了。

假族长不想要真正的拾穗女。②

她打动了我。她离开了。风从峡谷吹来，刺痛了我的眼睛。《沉睡的布兹》我从头念到尾，为了桉树和桧树，为了死去的国王，为了新石器时代，为了打谷场和洪水，为了取悦自己和让自己哭泣，为了在醉倒于塔拉酒之前已喝醉，为了一个人可能掉进的峡谷，为了普遍的萨比尔语③，为了错过的机会，为你想要的女人和你不想要的

---

① "回家""面包""牛奶""我""塔拉"均为英语。
② 雨果《沉睡的布兹》取材自《圣经》中的《路得记》，讲述外邦人拾穗女路得作为犹太人拿俄米的儿媳，随婆婆在困苦中回到犹太伯利恒，贤良淑德，照顾婆婆，后来嫁给前夫族中的波阿斯也就是布兹的故事。
③ Sabir，普遍通行于东非、北非及地中海东岸各港口的一种语言。

女人，为再也不会，为在门兹筑巢的厚嘴乌鸦 ①，它有厚厚的翅膀、肮脏的喙、令人厌恶的叫声，它的羽毛比老乌鸦的还要凄惨，但它的颈背上却戴着宽如一只儿童之手、像牛奶和雪一样白的白鼬皮，一面纯净的镜子让坦率照见自己。

当我念完的时候，星空中的金色镰刀，它永恒地出现了。我去喝塔拉酒。

说一点这首诗中发生的事也许并非无关紧要，根据我的理解：一个人在打谷或收割的夜晚入睡。他睡在星空下。这是圣经时代。这个熟睡的人是一个收割者，而且比收割者还多一点身份，他是收割的主人，一个大地主。谷物在流动。这个人是个鳏夫，无儿无女，年事已高，他毫无怨恨地走到了终点。他做了一个梦：他看到一棵橡树从他的腹部长出，形状僵硬，勃发着青春的活力，还有一长串显赫的子孙。他不相信，他知道自己在做梦。他错了：就在他沉睡做梦的

---

① 原文为英文 thick-billed raven。

时候，他雇来的一个拾穗的外邦女人，一个非常年轻的女人，已经躺在了他的身边，毫不含糊地露出了她的乳房，正在等待她的欢愉。她睁大眼睛望着天空，自问自答月亮的由来。

这是每个人都能听说的：麦子的收获，不可能但很可能的生育，男人的睡眠和女人的自愿守夜，月亮和星星，我们并不真正知道它们是怎么做到的。

我们可以听说更多，但因为我们已经在其他地方读过了，所以诗中没有说，这是部落的故事：布兹是亚伯拉罕家族的最后一个子孙，而亚伯拉罕家族也将与他一起消亡。布兹认为，外邦女子献上的只是自己的身体，而她献给他的，是让亚伯拉罕的血脉得以复兴，帮助实现这个家族存在的意义，让道成肉身成为可能。在诗歌之后，在黑暗中的交配之后，在被环抱的韵和被环抱的身体之后，俄备得 [1] 将诞生，他的孙子将是

---

[1] Obed，布兹和路得的儿子。

大卫王，他的遥远后代将是拿撒勒人耶稣，在某个星期五下午三点"一劳永逸"地结束亚伯拉罕的血统，但当我们在耶稣三十三年的生命中，在时间中确立了永恒，在度量中确立了不可估量，在造物中确立了造物主，在形象中确立了不可捉摸，在言语中确立了不可言传，在地点中确立了不可描述，在人的眼中确立了不可看见，谁还会在乎亚伯拉罕的血统呢？这就是外邦女子所扮演的角色，她献出了自己，她是化身，是不可思议的事件，是西方跳动的心脏，是西方的理性与疯狂。没有她，没有她的乳房，没有她那巨大的夜间欲望，就不会有活生生的上帝，就不会有十字架，就不会有福音传道者把钉子敲进去四次，就不会有没有特定民族的神，就不会有挂在天上让人自由的全能。她看着月亮。

我确信我第一次听到《沉睡的布兹》是在七月初，也就是暑假前，在穆里乌①学校，那时

---

① Mourioux，法国克勒兹省作者出生村庄附近的小镇，在他的《微渺人生》一书中也有提到。

我大约十岁。那时我们还在上学，不能完全说是在学校：午后，纯粹的梦境，是在乡间的散步课中度过的，说着关于植物学或地质学的话语，俯身在小花前，抚摸着大石头。上完这些户外课回来，在放假之前，老师会给我们读几页文学课文或他认为有文学价值的课文，我想这是他自己的乐趣。我听到了《萨朗波》的开头、《火的战争》①的开头、《墓中回忆录》②里那几页著名的《新世界云中的月亮》、大量巴纳斯派诗歌③以及《沉睡的布兹》。

那是夏天，那是夏天的文字。七月的夏天，椴树和收获的夏天。然而，当我阅读《沉睡的布兹》时，我听到的不是孩子们在学校操场上拾捡椴树的叫喊声，也不是收割机或大型机械割草机的声音；我听到的是夏天的另一个时刻：在我的

---

① 法国—比利时作家约瑟夫-亨利·奥诺雷（1856—1940）于1909年出版的科幻小说。
② 法国作家夏多布里昂（1768—1848）的回忆录。
③ Parnassien，法国浪漫派诗歌走向象征派诗歌之前的流派和团体，诗风多追求唯美。

记忆中，点缀着诗行或行间间隔的背景噪音是打谷机的声音。

那时候还没有收割机，也没有打谷场；小麦是用一种巨大的固定机器脱粒的，这种机器皮带光秃秃的，有侵略性的凹痕和凸起，大部分时间都涂成鲜红色，在不太稳固的螺母上抽动，呼呼的声音比飞机还响，像勃鲁盖尔①或莱昂纳多②的攻城机器一样，令人产生幻觉而又精确无误。它是愚比王③的斩首机器和攻击型坦克的结合体：它是潜伏着的一种发出鼾声的纯粹暴力。它几乎是有生命的。它是非常专制和不饶人的：在这喧嚣声中，在八月的骄阳下，在碾碎的稻草和燃油混合的特殊气味中（我再也闻不到这种气味了），在令人窒息的尘埃中，男人们像苦役犯一样工作着，他们下巴紧咬，肌肉紧绷，袖子系在手腕上，脖子上系着围巾以阻挡尘埃，汗水把谷糠粘

---

① Breughel（1525—1569），文艺复兴时期布拉班特公国（今天的荷兰、比利时一带）画家。
② 即达芬奇。
③ 法国剧作家雅里（1873—1907）创作的一个荒诞角色。

在脸上，这些该死的男人。他们并不是什么特殊的人，他们就是我每天看到的那些人，公社里的农民和日工，他们都在向轮到打谷的主人伸出援手。但在那些日子里，他们就像发疯了一样，或者说来自另一个世界。当一天结束时，机器终于熄火了，他们把酒言欢，他们大笑，他们从远处赶回来，他们紧紧拥抱女人，他们在谷仓和庭院的长桌旁开琼筵以喧闹，直至深夜。这些都是对革命、对释放、对已到达的应许之地的渴望和盛宴。这些餐桌上的欲望几乎有一种可见的厚度，就像白天的谷糠一样。许多人在倒下的地方睡了一觉；第二天黎明，他们咬紧牙关，打结手帕，出现在另一台打谷机旁。

孩子们整个白天被这种肆无忌惮的暴力吸引，晚上会远远地看着这些圣经时代的桌子发亮，仍然被这另一种暴力所吸引。

有一次——我打赌就在我七月听到《沉睡的布兹》的那个夏天，输了剁手——在皮埃尔·M.家的打谷之夜，我们就这样看着。我离开了这群人，像孩子们一样嬉闹起来——或许是因为我意识到，皮埃尔·M.非常漂亮的妻子和据说是她情人的干劲十足的农场工人居斯塔夫都不在桌旁。我下楼来到下面的谷仓，那里宴席的噪音被压低了。谷仓的门虚掩着，里面传来另一种声音。声音虽然低沉，却很猛烈，虽然晦涩，却很响亮。一个女人在呻吟。他们就在那里。她在地板上，在他身下。我几乎没有可能被看到，所以我用尽全力倾听和注视着。我目击，带着残暴的快感和不安，我听到那难以言喻的声音越来越大，越来越急促，那声音本身就是一个整全的身体，那巨大而确凿的声音就像一台打谷机。谷仓里一片漆黑，我只能看到大腿白色的钳子张开、抬起、抖动，这就足够了。我能听到那令人窒息的节奏，那折磨人的起伏和重复。在这一连串的抽噎和笑声中，这个女人终于彻底爆发了，这神圣的亵渎，这光芒四射的诅咒，是世界的声音，是这一代人的声音，是我们的声音。我不知那天晚上是否有月亮。但我确信，这种声音——世界的声音、一代人的声音——也是我在屏住呼吸的悬置中、在《沉睡的布兹》残酷的顿挫和急切的反复中听到的声音。

1998 年二月或三月，我与几位作家朋友和同事应邀来到法国南部的一个小镇。我们为商品文化的奇思妙想服务，因为这已成惯例。佛罗伦斯、玛丽安娜、帕特里克、让和我，被要求每人朗读一篇自己选择的文章。一切都按计划进行。我为其他人——人们所说的公众——朗读《沉睡的布兹》，我很高兴能这样做。晚饭时，我们的话题从沉浸了一下午的高雅诗歌转到销售话题，同事之间总是这样。我们谈到了文学评论，更具体地说，谈到了对我们中某个人怀恨在心的评论家。我说的是 R.M.①。

当时，R.M. 正在一家日报上写那种每周一次的专栏，尖锐而严谨，目的是让他的作者坐上圣

————————

① 《费加罗报》文学副刊作者雷诺·马提翁（Renaud Matignon）名字首字母缩写。

伯夫 ① 的椅子，这也不是什么了不起的壮举，而且反过来又能让商品畅销，让文学作品行得通。他最近把我的一本书恶评得稀巴烂，我把他中伤得稀巴烂也公平，毫不犹豫且用尽力量地让人们嘲笑他。《沉睡的布兹》已经让我进入状态，他的这期报纸卖得也很不错。让有气无力地为这位高尚的批评家辩护，但他已经笑得前仰后合了，于是他屈服了。我们笑得很开心。我们谋杀了 R.M.。

我很晚才下楼吃早餐，机械地拿起客人可以取阅的那叠报纸，正是 R.M. 曾经为之撰稿的那份日报，而且往往是你在冒牌豪华酒店里能找到的唯一一份报纸。我把报纸放在身边，给自己倒了一杯咖啡，目光落在头版的一个标题上：R.M. 去世了。

我对自己说：他是在你读雨果的时候死的。然后又说：是你杀了他。我是个有点放肆、受宠

---

① Sainte-Beuve（1804—1869），法国作家、19世纪重要的文学批评家，普鲁斯特曾著《驳圣伯夫》反对他的批评方法。

若惊的人，我是个有力的臂膀，我兴高采烈，就像天使砍头拉特拜尔①时一样，就像卡西莫多暴打弗罗洛时一样，就像以利亚②推翻巴力祭司③时一样，就像蒂凡妮④杀死孩子时一样，也许就像该隐⑤杀死他善良、胖乎乎的兄弟时一样。我杀死了R.M.。

很长一段时间里，我都认为（我们或多或少都有些疯狂），我不自觉地念了这首诗，好让他死掉，R.M.，八十八行，每行十二音步，就像皮鞭的八十八次抽打、军刀的八十八次劈砍；八十八块石头；卡拉什尼科夫冲锋枪的八十八颗爆破子弹；他在最后一行就已经咽气了，这已经

---

① 参见雨果《世纪传奇》中《意大利——拉特拜尔》一诗，拉特拜尔是匪徒，后被天使砍头。
②《圣经》中的先知之一，侍奉耶和华，他在亚哈王面前和四百五十名巴力祭司比赛求火取胜。
③《圣经》中饮宴无度，荒淫堕落的祭司，触怒耶和华，以利亚才会想到推翻他们。
④ 参见雨果《世纪传奇》中《头盔上的鹰》一诗，蒂凡纳是一个嗜血的封建王公贵胄，他追杀一个小王子，却被儿童头盔上的铁鹰刺死。
⑤《圣经》中亚当和夏娃的儿子之一，因嫉妒弟弟亚伯得到上帝的偏爱，发怒杀死了他。

超出了他的承受能力；这首诗是一个咒语，就像安托南·阿尔托[①]拼凑出来的咒语一样，是一个永远不会被报道或带回来的咒语；这是一个完美的罪行；正是这个罪行让我在阅读时如此感动，让这首诗变得如此严肃和公正，令听到这首诗的人刹那间成为一种正义的法官。然后，在悔恨、理智或更加骄傲的时刻，我告诉自己，也许我已经读过了，我已经很好地摆脱了它，我已经宣读了它，我已经在我的口中和脑海中热切地感受到了它，我已经把它投入了这一天——我已经说了八十八行无懈可击的诗句，为 R.M. 祈祷，抚慰他的弥留之际，为他闭上眼睛，宽恕他，也被他宽恕。愿上帝怜悯他，也怜悯我。今天，我不知道。

2002 年初，雨果诞辰二百周年之际，在法国西部的一个小城，大学邀请我和几位同事，马蒂厄、贝尔纳、菲利普和我，去赞美这位伟大的逝

---

① Antonin Artaud（1896—1948），法国剧作家、诗人，"残酷戏剧"的提倡者，后精神失常，时有呓语。

者。这不仅仅是一个念诗的问题：我必须亲自朗读一篇长达二十分钟的文章，不能多也不能少。我欣然接受了邀请，但到了开始写作的时候，我很快就意识到，我写不出要求我写的那篇文章。我找到了很好的理由：政客和空谈家们令人昏睡地侃侃而谈，他们都为雨果的同义反复和撞开大门的技巧而欢呼，这种大庭广众之下的野蛮行为让我发笑，我不想在其中加入自己的声音。但也有不好的原因：我的懒惰，让自己沉浸在这一多样态的作品中会牵涉到大量的工作，我必须从这一紧凑的整体中做出不可能的选择——我告诉自己，就像在没有锻炉、没有锤子、没有砧板的其他部分的情况下，切下一块砧板来对它进行评论一样，调整我被要求向听众——所有来自大学的雨果专家——发表的这一论述的困难，我习惯的虚张声势对他们不起作用；最后，这也是所有面临这种情况的作家都会感受到的，除非他们是自大狂式的野人，那就是要使这篇演讲与在我之前或之后于讲坛上发表的其他演讲相适应，难度就更大了——这是关于竞争、战争，同样也是关于竞争的钝化和打磨，也就是文明：你在这些讲台上、这些圆桌会议上的发言，必须比你的同事们的发言更好、更有力、更动人或更有能力，但又不能太突出，以免冒犯任何人；当然，也不能比他们的发言更糟糕。要想弄清这些收听者和圆桌骑士的底细是不可能的冒险。所以这一天来了，我什么都没准备。

我到达大学时，正处于一种松弛的梦游状态，在这种状态下，你会告诉自己，只要什么都不想，一切都会好起来的。在我们演讲的报告厅入口处有一个自助餐厅，同事们都坐在那里；一位编辑突发奇想，带来了几瓶威士忌和白葡萄酒，整齐地摆放在桌子上；冬日的阳光正在嬉耍。我决定——我的梦游症决定——触发许多形形色色的作家所熟悉的，我提议称之为夏洛茨维尔[①]条件反射的东西。

[①] Charlottesville，美国弗吉尼亚州的一个城市，弗吉尼亚大学所在地。

1931 年 10 月 22 日，威廉·福克纳前往夏洛茨维尔。他将参加在弗吉尼亚大学举行的南方作家圆桌会议。这所奢华的新古典主义大学、美丽树丛中的美丽亭子、大理石、科林斯式的廊柱以及建筑师杰斐逊的完美圆形大厅让他感到恐惧；南方作家让他感到恐惧，因为他们是南方人；少数北方客人让他感到恐惧，因为他们是北方人；他的朋友舍伍德·安德森①也在那里，他感到恐惧，因为他是他的朋友；他自己的无能让他感到恐惧。他后来回忆说，他感觉自己就像一只农家的狗，蜷缩在主人的手推车下，等着主人在当地的杂货店买完东西。购物车里装的是波旁威士忌。当他到达大理石门廊时，他已经喝醉了。"他向每个人要酒喝"，舍伍德·安德森写道，"如果大家不给他酒喝，他就喝自己手里的酒"。因此，在危险的场合，拿出自己的波旁酒瓶一饮而尽，这种因循传统、略显懦弱或夸张勇

---

① Sherwood Anderson（1876—1941），美国作家，代表作《小城畸人》等，可视为福克纳的师辈。

敢的举动创造了神话：大理石门廊、南方人、古老的弗吉尼亚、奴隶贩子、金色烟草、农夫和他的狗、农夫和他身体里的狗，一切都给了他。他怀抱里的狗，对他像崇拜国王一样。他像国王一样谋杀它。所有这些就是夏洛茨维尔综合征。

因此，我触发了夏洛茨维尔的条件反射，这既是一种防御，也是一种溃败，更是一种滑稽的胜利。它是一种酸，但也是一种良药。我拿起那瓶奇迹般出现在我面前的威士忌，倒满杯子。不到一刻钟，我眼前一黑，持久地梦游了。我们坐在圆桌旁，我面前放着一瓶酒（人们对这些作家有应受谴责的容忍度，这也许是禁令）。在我前面的两位同事尽职尽责地发言：我假装听他们说话，面带微笑，或严肃地点点头，但我什么也没听到。轮到我了，我欣然接受了发言，并用黏糊而不含糊的声音谈了一些同义反复的问题，我已经记不太清了——但我记得，我突然涌起了一股反感，或者说是理智，或者说是对我们在这里谈论的那个死去的老人的敬意：我拿起《世纪传奇》，开始读《沉睡的布兹》。不如说我陷入了其中：我在那里所做的宣读，八十八行诗句缠绕展开，在我的记忆中完全是一片空白。但关于《沉睡的布兹》，解读不出什么，就连夏洛茨维尔的酸也不起作用：我不紧不慢地说着，一次也没有卡住，据我所知，语气、情感和音步，八十八节诗句唤醒了一个死人。

镰刀刚落入星空，醉意又向我袭来。在闭幕晚宴上，我极力引诱一位年轻姑娘，如歌如诗。最后，时间到了，我进入了梦乡，就像歌里睡着波德莱尔诗中那个醉酒的杀人犯，或者布兹，或不管是谁。

2002 年 6 月 12 日中午，我来到法国国家图书馆，法国最大的图书馆，弗朗索瓦·密特朗①的四重石碑②，两旁是胜利，托尔比亚克、奥斯特

---

① François Mitterrand（1916—1996），法国前总统，法国国家图书馆以他的名字命名。
② 法国国家图书馆由四座高耸的玻璃外墙的大楼组成。

利茨①的名字，我来到这里，念《沉睡的布兹》。我并不讨厌这个矗立在沙漠中的战场上的粗糙地方。它偏向于空虚，偏向于你不会读的大部头书的苦涩摆动，偏向于僵硬的精神。它吮吸着普遍的空虚：正如我们所知，整个地方是一个巨大的平台，像船的甲板一样褪色，夹在四本放在脚下的水泥书中间，什么也没有打开，纯粹而不可读。它包含书籍。它是用砍柴刀设计的，虽然草率，但却非常有效、准确。据说，它的心脏并不比同名创始人的心脏大。但它不是没有争议。这里的天空恰到好处：灰中带着闪光的蓝，狂风大作，让人神清气爽，又让人目不暇接。云在快速移动。出租车把我送到了西侧的塞纳河边；你必须爬上通往弗朗索瓦·密特朗图书馆的三层凯旋阶梯；我爬上了它们。我还得爬上亚琛②的查理曼大帝石扶手椅，我刚刚在火车上从雨果的手里

---

① 托尔比亚克、奥斯特里茨都是图书馆附近的地名，名字来自法国历史上取得过胜利的两场战役。
② 查理曼大帝统一西欧后，法兰克王国的首都，今天位于德国，以大教堂和理工大学知名。

读到过。人们爬向空虚和全能。

我很快就越过了这个恒星漏斗，这个迷失的洞口，四百米高的内八度角日复一日地在这里相互撞击着风。没有人在那里逗留，也许那里太美了，太陡了。我很快就来到了东侧书店的地下室，我本应该在这里阅读，我也确实在这里读了。

我读得很好，大家都向我表示祝贺。

没有人注意到，在我读的中途，我停了下来。我不知道在哪个停顿处、哪个重复处、哪个句子、哪个伽尔伽拉的气息①或洪水的印迹处、哪一刻断线了。我突然意识到，我不再在文本中了，我已经离开文本两三行了：它正在起飞，没有我的陪伴，它像祈祷轮一样自己滚动着。是的，那根将我与沉睡的老人长久地联系在一起的脆弱而有力的线，那根线意味着，读他的诗，我

―――――――――

① 这个短语来自《沉睡的布兹》。《圣经》记载，希伯来人在约书亚的带领下渡过约旦河后在此停留，并竖立了十二块石头组成的纪念碑，代表以色列的十二个部落。

总是颤抖地支持他的事业，支持他的怀疑和疲惫，支持他的昏迷，这根线已经断得干干净净：现在，我在看着他沉睡。我以完全超脱的态度读完了结尾，但却饱含情感，这是我对这首诗的熟悉和亲切所赋予我的。

合上书，我感到有些内疚，但更多的是一种奇异的、切肤的、冰冷的自豪，一种无所不能的感觉：我不再相信这首诗，但我让人们相信它，就像我曾经相信它一样，甚至可能更好。我征服了这些诗句。我是一个自由的人。几个朋友在等我吃午饭，他们急匆匆地跟在我后面，走在中空的舷梯上，给人一种史诗般的感觉。我踏上木船，就像一位皇帝挤进日耳曼尼亚①军团的坚固营地；我不知不觉戴上了总统的黑帽子和红围巾；也许还戴上了铁冠、地球仪、日耳曼剑和丕平②大儿子的金帛。我身后的脚步声铿锵有力，

---

① Germanie，今天西班牙巴伦西亚地区工匠的称呼，公元1519年至1523年他们发起一场反抗。
② Pépin（714—768），法兰克国王，加洛林王朝的创建者，身材矮小，又称矮子丕平，他的最年长的儿子即查理大帝。

那是法国英勇的士兵，是部长的幕僚。查理曼正从石椅上走下来。我状态甚佳。

在弗朗索瓦·密特朗图书馆沙漠附近吃午饭，你没有太多选择：在这些多风的日耳曼地名中，只有一家美式烤肉店，水牛或河马①；你可以吃上好的生肉；加利福尼亚的葡萄酒很好喝，烈性酒也是如此。在那里，我坐在一个像雕刻的长凳一样的西式包间里，僵硬地坐着，就像坐在大教堂里一样，与我的法国勇士紧紧相贴，我自斟自饮，直到傍晚。我庆祝胜利。我是一个自由的人。骑士们也是。透过窗户，我看到了高墙，看到了四座胜利者的石碑，看到了书写着云朵的眩晕的书本，看到了天空的坍塌，看到了一天的匆忙：这是一个躺着的老人的坟墓，我把它推倒了。英勇的战士们被其他事务和其他胜利所召唤，一个接一个地离开了。法兰西王族只剩下我和贝特朗。

---

① Hippopotamus，美式烤肉店的名字。

第一批食客来到了河马餐厅。我们离开了托尔比亚克的穷乡僻壤，来到了真正有人居住的巴黎。太阳击退了乌云，它又回来了，四座高塔闪闪发光：我心中的空虚远去了，它夺走了光明。塞纳河波光粼粼，虚无和光亮在河岸的汽车上快速移动。当我坐上出租车时，我是如此地重、柔软、不稳定、醉醺醺，以至于司机可能注意到了我戴着总统的黑帽子和红围巾。我们在玛黑区"尼罗河大象"餐馆坐下。

餐厅客满了，我们不得不在一张狭窄的桌子上落座，桌子与吧台之间仅隔着一条狭窄的走廊，女服务员正在那里忙碌着。从吧台看过去，老板和他的随从——年轻活泼的男人们——的目光直接落在我们的桌子上。他们都是好侍从，法国侍从。我们喝了更多的烈酒，吃了更多的生肉。我是个晚年得女的父亲 ①，对此我深感自豪，这是律法。贝特朗也是位父亲，我用这根弦

---

① 作者在五十三岁时有了一个女儿。

在他身上弹奏；他让我温和地说话，此外没人阻止我。在"尼罗河大象"，我博爱地赞美了父爱，我的父爱。我明白了一切：我与父亲融为一体，众所周知，父亲是公正、笃定和强大的。这顶黑色毛毡帽是我早上在国家图书馆偷偷戴上的，它对我来说是顶很好的帽子：总统也出色扮演过老来成父的角色，他的女儿与那本什么也打不开的四联本看不懂的水泥书同年出生 ①。因此，我赞扬了我的父爱。我有资格谈论父亲们，早晨，我在国家图书馆的粪坑里抛掉了败下阵来的、躺在巨人睡梦里的父亲。我的陶醉是完美的，我想用我的仁慈、我的万能拥抱整个宇宙；每个人都必须从中受益；在用餐期间，我用眼角的余光打量着一位漂亮的酒吧女招待在吧台和我之间的狭窄走廊上来来回回的一举一动。父亲是不确定的，不该以此自豪的：我的手突然习惯而强制性地落在了女招待的裙子上。

---

① 密特朗总统晚年有一个私生女，直到图书馆落成的这一年才被公众所知。

有些东西被释放了出来，直到今天我都很难承认我的举止是唯一的原因。吧台里的那个男人和他的亲信们跳了起来，我的亲子推定大概让他们的耳根整顿饭期间不得清净。我听到说："不许碰我们的女服务生"；那个女孩不见了，她只是他们打我的由头；那三个混蛋盯上了我。他们的眼睛里闪烁着闪电，一种冰冷的满足感，就像这整天我的满足感一样可疑：他们抓住了父亲，真正的父亲，部落里的老杂种。他们想毁掉父亲，他们正在毁掉父亲。我喝得太醉了，我是一出恰到好处的戏剧的旁观者，无法不感到深深的满足。我宽宏大量地为这种满足而道歉，让他们的怒火燃到极点。六只手揪住我的衣领，把我拎到半空中，然后把我扔到露天座的地板上，扔到停下来的食客们的独脚小圆桌旁。我不知道总统的帽子滚到了哪双脚下，滚到了哪块面包屑里，但它滚落了，我感觉它脱离了我。事情没有变得更糟，我本以为会听到骨头碎裂的声音。贝特朗在我头顶上挥舞着拳头，争论着，喊叫着，让步着，为我的皮肤辩护着；相比我，他比这些年轻人更年长，他让他们渐渐平静下来。我只是躺在那里。我感觉很好。巴黎的天空繁星密布，并不空旷。我对自己说："你是布兹，你躺着，你在睡觉。你有权睡觉。你在打谷场上工作了一整天。"我回到老年人的行列。他们明智地让我躺在我惯例的位置上，睡在与我有部分联系的老人旁边。对父亲们来说，睡觉是件好事；对死去的军团统帅来说，躺在日耳曼尼亚①的床上，躺在亚琛的查理曼大帝的床上，躺在雅尔纳克②的总统的床上，都是甜蜜而无害的。我也像他们一样躺着，只是我没有死。我能看到空中的星星。我们在空中也是如此。上天承载着我们。上天是一个很伟大的人。它是我们的父亲和国王，它比我们做得更好。

---

① 1519 年至 1523 年发生在今天西班牙巴伦西亚当地工匠的一场反抗。
② Jarnac，法国西南部城镇，前总统密特朗出生于此。

皮埃尔·米雄：法国当代文学的国王
（译后记）

　　出身法国西南贫困山区的皮埃尔·米雄（1945—　）内心极度渴望成为一个作家。但是，文学叙述发展到今天，他所要面对的"影响的焦虑"，让他感到文学的创新困难重重，像一个不太可能实现的梦。正是这份焦虑和困难合成的阻力，释放出了强大的反作用力，诞生了法国过去四十年叙述作品的抗鼎之作《微渺人生》，一本他用他的真诚、他的疲惫、他的抱负、他的犹疑、他的微笑、他的眼神，前后酝酿十多年却又一蹴而就的生命之书、血泪之书。39岁的米雄也终于凭借这本描写身边小人物命运的大写之书真正走进了法国的文学场域。按照他自己的说法，是这本书救了他。

米雄对文字的要求精益求精，他并非刻意要写得少，他自己清楚地知道这一点，但他不愿过于重复自己，因而到今天为止，他的产量极低，可这不妨碍他接连获得批评界和文学奖的诸多肯定，尽管不能如一些评论那么确凿断定是法国最后的大作家，但至少是学院里被研讨最多的在世作家，学界公认的头号作家。

事实上，米雄只在极短的生命时间里写作，每次都需"躁郁"一般找到启动写作激情的按键。他也曾认为对写作的执念浪费了他的人生。后期几部作品都是朋友或驻留计划的订制，米雄为友谊写作，更多的为母亲写作，母亲去世后，为他尚幼的女儿写作，其余时间他都交付给了阅读。在米雄这里，文学很少是轻盈的智力游戏，更多是沉重的直指人心，"写作，就是改变事物的符号，把往昔的痛苦变成如今的欢快，用死亡构成艺术"。米雄个人的流浪生活和他作品里的苦难生活，并没有阻止他的写作旨在寻找一种失去的幸福。《追忆似水年华》和《微渺人生》的叙述者最终都成了作家。

文学追求语言的极致，古往今来的语言大师都是米雄的榜样，也都是米雄的对手。高格调和高品位的文学，没法获得广泛的大众读者，对文学这份志业给人的益处和伤害，米雄心知肚明。米雄对文学"至尊性"的询问，主要来源于阿尔托和巴塔耶。米雄失去了他的父亲，但他在文学中找到了精神上的幽灵父亲，他们分别是《国王的身体》（*Corps du roi*）里的福克纳、福楼拜、贝克特、雨果，《三作者》（*Trois auteurs*）里的巴尔扎克、福克纳、瑞士作家辛格里拉（Cingria）。《三作者》中关于福克纳的一篇叫《文本的父亲》，他认为特别是福克纳的《押沙龙，押沙龙》，如一把钥匙让他终于打开写作大门，写出《微渺人生》（在此之前他也有些尝试，如一篇未完成的科幻小说）。以父之名的当然远不止这些。米雄不喜欢博学一词，但他无疑是知识和想象都能够融合无间的百科全书型大师。

文学有外在的和自身的历史逻辑，那么，为什么说《微渺人生》的出版是决定性的？因为，它不只是个体通过书写把不可能转化为可能，还在于它成为理解法国文学从20世纪70年代末发展到今天的结界。当时，法国具有实验和僭越性质的"新小说"几乎已经穷尽了在兰波、马拉美那里文学高度自治的姿态，诱惑他们的是贝克特、布朗肖等以沉默为写作地平线的禁欲主义者。米雄要回答的问题就是，在这之后，叙述如何可能？文学如何走出精致的死胡同，将信将疑地重振它的神圣与荣光，它的传奇不奇。

有时候，你都难以想象这是20世纪末、21世纪初的写作。米雄像是个遍览了20世纪文学，活成现代派本身的作家，希冀福楼拜一样的古典写作，一个法国19世纪末的文学殿军，但写出的已不是那个传统意义上的小说。和法国其他几位一线当代作家如帕斯卡尔·基尼亚尔（Pascal Quignard）、热拉尔·马瑟（Gérard Macé）一样，米雄在1968年"五月风暴"后没有直接的政治介入，很少走上街头或签名请愿，他喜欢用更具有多元阐释空间的作品本身，或者对话访谈，间接暗示自己的文学和政治观点。

也许一时代真的有一时代的文学，米雄的写作从罗兰·巴特的"不及物动词"变回"及物动词"，辩证回归主体、历史、事件、抒情诗的传统及其裂痕，传递着对人世间有节制的同情与怜悯，治愈与致郁，渺小与崇高，而这份崇高，不是新的上帝重临，而是升华与堕落之间的眩晕。

2002年出版的《国王的身体》虽然篇幅不长，但被作者自己视为自1984年出版《微渺人生》后特别自我突破的作品。书名取自德国历史学家康托洛维茨的名著《国王的两个身体》：国王有一个"自然的身体"，这是他的肉身，会生病、疲弱，甚至朽坏，同时国王还有一个"政治的身体"，它是永垂不朽的、永远存活的。米雄在书中关注贝克特、福克纳等堪称文学国王的身体，比如他们的肖像照，寓意也在于此。

米雄在法国克莱蒙费朗大学未完成的硕士一年级论文是关于阿尔托的。肄业以后，他曾经在流浪戏班演过一些配角，比如《等待戈多》里的波卓，这也能解释他对贝克特的喜爱，以及说话和文字中的一点"戏剧腔"。他也想过给阿尔托写一篇"国王的身体"，但 2002 年时没有成型，后于 2017 年发表在《莱尔纳手册》(*Cahiers de L'Herne*) 致敬他的文集里面。

米雄认为的自我突破，我想和书中写到母亲的死亡、女儿的降生也是相关的。如同有评论者认为《微渺人生》像是用母亲的口吻在讲述，现在这个母亲不在了。他曾经认为这个世界不好，不想要孩子，但当女儿出生的时刻，他坦诚自己可以接受自己的死亡了，他为这两个生命祈祷，用维庸和雨果的诗。正如本书最后一篇《上天是一个很伟大的人》部分内容以《诗歌有什么用》发表过，米雄曾说，文学是祈祷的"堕落"

形式，同时他也是期待神恩的"槛外人"。他曾说，"当我写作时，我总是想到基督教中关于尸体复活的神话"。如果说他不是一个特别"现实主义"的作家，很大程度在于他的写作中有很多自我的宗教的神话，让微渺的、重负的人也可以有崇高的时刻。《国王的身体》获得了法国当年的"十二月"文学奖，这是一个相比龚古尔奖小众一点但也很重要的奖项。米雄不是没有憧憬过龚古尔奖，而且也获得过类似奖项的世俗荣誉，他的《十一人》获得 2009 年"法兰西学院小说大奖"，2015 年既有作品获第一届"尤瑟纳尔文学奖"，2017 年获"意大利诺尼诺国际文学奖"，2019 年获有诺奖风向标之称的"卡夫卡文学奖"（尽管他的写作路径和卡夫卡颇有差别）也因而得到诺奖提名，2022 年又获"法国国家图书馆奖"。但他已不需要这些外在奖项的肯定，又或者马克龙总统演说中的提及、爱丽舍宫的接见，政治人物对"国民作家"的打造也是次要的，反而伽利玛出版社的"七星文库"已准备让他的作品入库是莫大的认可。

米雄喜欢唐诗的简练浓缩。他向往中国，曾于2011年7月来过一次中国，为期两周，主要在北京和成都，参观了北京大学，走访了青城山，曾一度想把相关经历写进下一部小说。我当时正好离开学校回家消夏，擦肩而过，当时确实也没有意识到他的重要性。那时我既不会法语，除了零星翻译选段，国内也没有中译本。直到去法国念书，在巴黎的书店和导师多米尼克·维亚尔（Dominique Viart）教授的课堂上深入接触到了他的作品，在生活和写作陷入双重困顿不堪的情况下，他的作品特别是《微渺人生》救了我，遂自愿翻译起来。后来有幸认识，在巴黎不同场合见到他，邮件往来，还单独在寓所长谈过一次并请教翻译问题。

这次受赵伟编辑的邀约，有机会翻译这本《国王的身体》，我也通过电子邮件向米雄询问了一些翻译细节问题。一些师友不时关心询问进展，也给了我很多鼓励。我想要感谢把我从西南贫困山区带大的父母，让我得以在重庆的寄宿学校念高中，接触到更多的法国文学，让我在北京的大学求学，让我去巴黎的高校深造，也想借此机会感谢妻子崔博文，我们2020年初在巴黎相遇，"牵线"的是普鲁斯特和米雄的作品，她从高中就在法语班学习，毕业留学法国工程师学校，在翻译过程中疑义相与析，给了我不少修改建议。

米雄的法语从词汇到句子都是难的，如果说埃尔诺要用平淡到父母也看得懂的语言讲述小镇生活，米雄站在"亲子叙述"(récits de filiation)另一端，他要用华丽到受过最好教育的读者也击节赞叹的古雅讲述村野人生，因而要把这样的语言切换为中文，受限于译者水平，虽尽了最大的努力，一定还有不足之处，请读者指正和包涵。

从17世纪末文学（littérature）一词以现代意义在法国使用以来，关于什么是文学，人们已有了太多鞭辟入里或大而无当的讨论，而在2024年的此时此刻，对于不知道如何具体分析什么是文学的法国人来说，也许回答"米雄其人其作，就是文学"是直接和正确的说辞。米雄的文学是朝向过去的，但却属于现在，更呼唤未来。尽管译者对仍有国王的社会心存疑虑，但米雄确已成为不少当代法国作家和他国作家在文学上的君主，有很多人把他的访谈录《国王想来就来》（*Le roi vient quand il veut*）作为床头书和连祷文，像委拉斯开兹《宫娥》里的国王出现镜中，像他在其中引用的一句老子，治理文学的大国如烹小鲜。现在有此机缘，译介这位有些迟来的大师，译者若能把他不可翻译的作品翻译出万一，那么希望他或可成为你我文学上的"父亲"。

田嘉伟

2024 年 7 月